普 天 之 下 · 盡 是 好 書

普天出版家族
Popular Press Family

凌雲
A-Plus Creative Company
文創

你就是人間四月天

YOU ARE APRIL OF THIS WORLD

徐志摩經典愛戀片語選集

徐志摩——著

美是人間不滅的光芒，愛是實現生命的唯一途徑。感情是我的指南，衝動是我的風。
我將於茫茫人海中訪尋我唯一靈魂的伴侶，得之我幸，不得我命。
純粹的愛在了解的深處流溢著，從黑暗轉到光明，從死轉到愛，
從殘廢的絕望轉到健康的歡欣，愛的力量是一個奇蹟。
我的影子裡有妳的影子，我的聲音裡有妳的聲音，我的心裡有妳的心；
魚不能沒有水，人不能沒有氧氣，我不能沒有妳的愛。

【名家推薦】

身為新文學運動的代表性作家，徐志摩對人對物的誠摯熱戀，帶有激烈的燃燒性；這種熱情轉化為詩文，成就了他五光十色、燦爛迷人的七寶樓台，名字永留新詩史上。

這種熱情激發為愛戀，則他和才女林徽因、陸小曼之間的濃情蜜意，漫漶在詩裡、散文裡、日記裡、書簡裡，處處都是絕妙佳句。

•他的人生觀真是一種「單純信仰」，這裡面只有三個大字，一個是愛，一個是自由，一個是美。他夢想這三個理想的條件能夠會合在一個人生裡，這就是他的「單純信仰」。他一生的歷史，只是他追求這個單純信仰實現的歷史。

——名思想家 胡適

・詩人徐志摩的心情是潔淨的，頭老抬得那麼高，胸中老是那麼完整的誠摯，臂上老有那麼許多不折不撓的勇氣。徐志摩一生為著一個愚誠的傾向，把所感受到的複雜的情緒嘗味到的生活，放到自己的理想和信仰的鍋爐裡燒煉成幾句悠揚鏗鏘的語言。

——名作家 林徽因

・他那種瀟灑與寬容，不拘迂，不俗氣，不小氣，不勢利，以及對於普遍人生方匯百物的熱情，人格方面美麗放光處，他既然有許多朋友愛他崇敬他，這些人一定會把那種美麗人格移植到本人行為上來。

——名作家 沈從文

・在眾人的心中，徐志摩都是這樣一個人，他像是天生為文學而生的，他的作品總是給人一種獨特的情調和美感。

——名作家 冰心

•他的那股不顧一切，帶有激烈的燃燒性的熱情，成就了他的五光十色，燦爛迷人的七寶樓台，使他的名字永留在中國的新詩史上。

——名作家 郁達夫

•我以為志摩的許多披著戀愛外衣的詩，不能夠把來當作單純的情詩看的；透過那戀愛的外衣，有他的那個對於人生的單純信仰。

——名作家 茅盾

•談話是詩，舉動是詩，畢生行逕都是詩，詩的意味滲透了，隨遇自有樂土；乘船可死，驅車可死，斗室生臥也可死，死於飛機偶然者，不必視為畏途。

——名教育家 蔡元培

•僅僅十年，他在文壇上留下的傑作令人驚嘆，才華橫溢這一詞用在他身上毫不過分。

——名作家 蘇雪林

【代序】

懷四十歲的志摩

郁達夫

他的那股不顧一切，帶有激烈的燃燒性的熱情。一經激發，成就了他的五光十色，燦爛迷人的七寶樓台，使他的名字永留在中國的新詩史上。

眼睛一眨，志摩去世，已經有五年了；在上海那一天陰晦的早晨的兇報，福煦路上遺宅裡的倉皇顛倒的情形，以及其後靈柩的迎來，弔奠的開始，屍骨的爭奪，和無理解的葬事的經營等情狀，都還在我的目前，彷彿是今天早晨或昨天的事情。

志摩落葬之後，我因爲不願意和那一位商人的老先生見面，一直到現在，還沒有去墓前傾一杯酒，獻一朵花；但推想起來，墓木縱不可拱，總也已經宿草盈阡了罷？志摩有靈，當能諒我這故意的疏懶！

綜志摩的一生，除他在海外的幾年不算外，自從中學入學起直到他的死後爲止，我是他的命運的熱烈的同情旁觀者；當他死的時候，和許多朋友夾在一道，曾經含淚寫過一篇極簡略的短文，現在時間已經經過了五年，回想起來，覺得對他的餘情還有許多鬱蓄在我的胸中。

僅僅一箇空泛的友人對他尚且如此，生前和他有更深的交誼的許多女友，傷感的程度自然可以不必說了，志摩眞是一個淘氣、可愛，能使你永久不會忘懷的頑皮孩子！

稱他作孩子，或者有人會說我賣老，其實我也不過是他的同年，生日也許比他還後幾日，不過他所給我的卻是一個永世不會老去的新鮮活潑的孩兒印象。

志摩生前，最爲人所誤解，而實際也許是催他速死的最大原因之一的一重性格，是他的那股不顧一切，帶有激烈的燃燒性的熱情。

這熱情一經激發，便不管天高地厚，人死我亡，勢非至於將全宇宙都燒成赤地不可。發而爲詩，就成就了他的五光十色，燦爛迷人的七寶樓台，使他的名字永留在中國的新詩史上。以之處世，毛病就出來了；他的對人對物的一身熱戀，就使他失歡於父母，得罪於社會，而至於還不得不遺詬於死後。

他和小曼的一段濃情，在他的詩裡，日記裡，書簡裡，隨處都可以看得出來：若在進步的社會裡、有理解的社會裡，這一種事情，豈不是千古的美談？忠厚柔艷如小曼，熱烈誠摯若志摩，遇合在一道，自然要發放火花，燒成一片了，那裡還顧得到綱常倫教？更那裡還顧得到宗法家風？

當這事情正在北平的交際社會裡成話柄的時候，我就佩服志摩的純眞與小曼的勇敢，到了無以復加。

記得有一次在今雨軒吃飯的席上，曾有人問起我對於這事的意見，我就學了三劍客影片裡的一句話回答他！「假使我馬上要死的話，在我死的前頭，我就只想做一篇偉大的史詩，來頌美志摩和小曼。」

情熱的人，當然是不能取悅於社會，周旋於家室，更或至於不善用這熱情的；志摩在死的前幾年的那一種窮狀，那一種變遷，其罪不在小曼，不在小曼以外的他的許多男女友人，當然更不在志摩自身；實在是我們的社會，尤其是那一種借名教作商品的商人根性，因不理解他的緣故，終至於活生生的逼死了他。

志摩的死，原覺得可惜得很，人生的三四十前後——他死的時候是三十六歲——正是壯盛到絕頂的黃金時代，他若不死，到現在為止，五六年間，大約我們又可以多讀到許多詩樣的散文，詩樣的小說，以及那一部未了的他的傑作——「詩人的一生」；可是一面，正因他的突然的死去，倒使這一部未完的傑作，更加多了深厚的回味之處，卻也是眞的。

所以在他去世的當時，就有人說，志摩死得恰好，因為詩人和美人一樣，老了就不值錢了。況且他的這一種死法，又和拜倫、雪萊的死法一樣，確是最適合他身份的死。

若把這話拿來作自慰之辭，原也有幾分眞理含著，我卻終覺得不是如此的；志摩原可以活下去，那一件事故的發生，雖說是偶然的結果，但我們若一追究他的所以不得不遭遇這慘事的原因，那我在前面說過的一句話，「是無理解的社會逼死了他」就成立了。

我們所處的社會，眞是一個如何的狹量、險惡、無情的社會！不是身處其境，身受其毒的人，是無從知道的。

過去的事情，已經過去了；我們在志摩的死後，再來替他打抱不平，也是徒勞的事情。所以這次當志摩四十歲的誕辰，我想最好還是做一點實際的工作來紀念他，較爲適當；小曼已經有編纂他的全集的意思了，這原是紀念志摩的辦法之一，此外像志摩文學獎金的設定，和他有關的公共機關裡紀念碑胸像的建立，志摩圖書館的發起，以及志摩傳記的編撰等等，也是都可以由我們後死的友人，來做的工作。

可恨的是時勢的混亂，當這一個國難的關頭，要來提倡尊重詩人，是違背事理的；更可恨的是世情的澆薄，現在有些活著的友人，一旦鑽營得了大位，尚且要排擠詆毀，誣陷壓迫我們這些無權無勢的文人，對於死者那更加可以不必說了。

「儂今葬花人笑癡，他年葬儂知是誰？」悼弔志摩，或者也就是變相的自悼罷！

• 郁達夫和徐志摩曾是中學同學，同為新文學運動代表性作家，作品備受國際女壇推崇；是一個與世疏離的文學天才，也是一個率直求真的生活藝術家。著有《沉淪》……等數十種文集。

【名家推薦】
【代　序】懷四十歲的志摩　•郁達夫

輯1　愛是實現生命的唯一途徑／017
純粹的愛在了解的深處流溢著。從黑暗轉到光明，從死轉到愛，從殘廢的絕望轉到健康的歡欣，愛的力量是一個奇蹟。

輯2　妳的溫存是我的迷醉／035
我只要妳的思想與我的合併成一體，我們得互相體諒，在妳我間的一切都得從一個愛字裡流出。

輯3　柔情在靜夜的懷中顫抖／053
我的影子裡有妳的影子，我的聲音裡有妳的聲音，我的心裡有妳的心；魚不能沒有水，人不能沒有氧氣；我不能沒有妳的愛。

輯4　在星輝斑斕裡放歌／067
即使得渡過死的海，妳我的靈魂也得結合在一起——愛給我們勇，能勇就是成功，要大拋棄才有大收成，大犧牲的決心是愛境唯一的通道。

輯5 月光涼透我的心坎／079
上山，聽泉，折花，望遠，看星，獨步，嗅草，捕蟲，尋夢——哪一處沒有妳，哪一處不惦著妳，哪一個心跳不是為著妳眉！

輯6 在夢的輕波裡依洄／091
真生命必自奮鬥自求得來，真幸福亦必自奮鬥自求得來，真戀愛亦必自奮鬥自求得來！

輯7 美是人間不死的光芒／111
妳的美是妳的運命！我走近來了；妳迷醉的色香又征服了一個靈魂——我是妳的俘虜！

輯8 美的神秘現象／123
事物解脫了迷離的外象，只呈露著赤裸的本體，善惡真偽平常不易捉摸的精靈，都被美的神光分明地照出。

輯 9 四月天的春光與希望／133

和藹的春光充滿了鴛鴦的池塘；快辭別寂寞的夢鄉，來和我摸一會魚兒，折一枝海棠。春光與希望，是長駐的；自然與人生，是調諧的。

輯 10 靈魂深處的愉快／145

山的起伏，海的起伏，光的起伏；山的顏色，水的顏色，光的顏色——形成了一種不可比況的空靈，一種不可比況的節奏，一種不可比況的諧和。

輯 11 人生的冰激與柔情／157

無常是造物的喜怒，茫昧是生物的前途，我們正應在苦痛中學習、修養、覺悟，在苦痛中發現我們內蘊的寶藏，在苦痛中領會人生的真際。

輯 12 星月裡的光輝／175

香草在你的腳下，春風在你的臉上，微笑在你的周遭。大自然的優美、寧靜、調諧在這星光與波光的默契中不期然的淹入了你的性靈。

輯13 我那熱情的火焰／189
愁雲與慘霧並不是永久沒有散開的日子，溫暖的陽光也不是永遠辭別了人間；真的，也許就在大雨瀉的時候，你要是有耐心站在廣場上望時，西邊的雲罅裡也已經分明的透露著金色的光痕了！

輯14 在空靈中忘卻迷惘／207
我更不問我的希望，我的惆悵，未來與過去只是渺茫的幻想，更不向人間訪問幸福的進門，只求每時分給我不死的印痕……

輯15 心靈深處的歡暢／223
從一顆沙裡看出世界，天堂的消息在一朵野花，將無限存在你的掌上。這心靈深處的歡暢，這情緒境界的壯曠，任天堂沉淪，地獄開放，毀不了我內府的寶藏！

輯16 往明月多處走／231
拖延一個不自然的密切關係等於慢性的謀殺與自殺，結果這些組成社會的基本分子多半是不自然，彎曲，歪扭，疙瘩，怪僻，各種病態的男女。

輯17 朋友是種奢華／247
到絕海裡去探險我們得合夥，在大漠裡游行我們得結伴；我們到世上來做人，歸根說，還不只是惴惴的來尋訪幾個可以共患難的朋友。

輯18 想望天使的翅膀／259
人類最大的使命，是製造翅膀，最大的成功是飛！詩是翅膀上出世的；哲理是在空中盤旋的。飛：超脫一切，籠蓋一切，掃盪一切，吞吐一切。

輯 1

愛是實現生命的唯一途徑

純粹的愛在了解的深處流溢著。從黑暗轉到光明，從死轉到愛，從殘廢的絕望轉到健康的歡欣，愛的力量是一個奇蹟。

【戀愛是生命的精華】

戀愛是生命的中心與精華，戀愛的成功是生命的成功，戀愛的失敗，是生命的失敗，這是不容疑義的。

《愛眉小札》

【用靈眼認識我的靈魂】

我不僅要愛的肉眼認識我的肉身，我要妳的靈眼認識我的靈魂。

《愛眉小札》

【悲劇的傾向】

是真愛不能沒有力量，是真愛不能沒有悲劇的傾向。

《愛眉小札》

【愛是有真生命的】

愛，在儉樸的生活中，是有真生命的，像一朵朝露浸著的小草花；在奢華的生活中，即使有愛，不能純粹、不能自然，像是熱屋子裡烘出來的花，一半天就衰萎的憂愁。

《愛眉小札》

【性靈的光采】

投資到「美的理想」上去，它的利息是性靈的光采，愛是建設在相互的忍耐與犧牲上面的。

《眉軒瑣語》

【身體就是頂點】

愛的出發點不定是身體，但愛到了身體就到了頂點。厭惡的出發點，也不一定是身體，但厭惡到了身體也就到頂點。

《眉軒瑣語》

【愛是甘草】

愛是甘草，這苦的世界有了它就好上口了。

《愛眉小札》

【剎那間的靈通】

我恨的是庸凡，平常，瑣細，俗；我愛個性的表現。

我的胸膛並不大，決計裝不下整個或是甚至部分的宇宙。我的心河也不夠深，常常有露底的憂愁。我即使小有才，決計不是天生的，我信是勉強來的；所以每回我寫什麼多少總是難產，我唯一的靠傍是剎那間的靈通。

我不能沒有心的平安，眉，只有妳能給我心的平安。在妳完全的蜜甜的高貴的愛裡，我享受無上的心與靈的平安。

《愛眉小札》

【小縫兒會變大窟窿】

凡事開不得頭，開了頭便有重複，甚至成習慣的傾向。在戀中人也得提防小漏縫兒，小縫兒會變大窟窿，那就糟了。我見過兩相愛的人因為小事情誤會鬥口，結果只有損失，沒有利益。

《愛眉小札》

【靈魂的化合】

合理的生活，動機是愛，知識是南針；愛的生活也不能純粹靠感情，彼此的了解是不可少的。愛是幫助了解的力，了解是愛的成熟，最高的了解是靈魂的化合，那是愛的圓滿功德。

沒有一個靈性不是深奧的，要懂得真認識一個靈性，是一輩子的工作。這工夫愈下愈有味，像逛山似的，唯恐進得不深。

《愛眉小札》

【最不合理的合理】

戀人心中複雜，是最不合理的合理，合理的不合理。

《愛眉小札》

【真純的榜樣】

世上並不是沒有愛，但大多是不純粹的，有漏洞的，那就不值錢，平常，淺薄。我們是有志氣的，決不能放鬆一屑屑，我們得來一個真純的榜樣。

《愛眉小札》

【愛到真的境界】

眉，這戀愛是大事情，是難事情，是關生死超生死的事情——如其要到真的境界，那才是神聖，那才是不可侵犯。

《愛眉小札》

【最無遺憾的滿足】

我是否能給妳一些世上再沒有第二人給妳的東西，是否在我的愛妳的愛裡妳得到了妳一生最圓滿，最無遺憾的滿足？這問題是最重要不過的，因為戀愛之所以為戀愛就在他那絕對不可改變不可替代的一點；羅米烏（羅密歐）愛玖麗德（茱麗葉），願為她死，世上再沒有第二個女子能動他的心；玖麗德愛羅米烏，願為他死，世上再沒有第二個男子能佔她一點子的情，他們那戀愛之所以不朽，又高尚，又美，就在這裡。

他們倆死的時候彼此都是無遺憾的，因為死成全他們的戀愛到最完全最圓滿的程度，所以這，「*Die upon a kiss*」（一吻而之）是真鍾情人理想的結局，再不要別的。

《愛眉小札》

【假如戀愛是可以替代的】

假如戀愛是可以替代的，像是一支牙刷爛了可以另買，皮（衣）服破了可以另製，他那價值也就可想。

《愛眉小札》

【晶瑩剔透的境界】

須知真愛不是罪（就怕愛而不真，做到真字的絕對義那才做到愛字），在必要時我們得以身殉，與烈士們愛國，宗教家殉道，同是一個意思。妳心上還有芥蒂時，還覺得「怕」時，那妳的思想就沒有完全叫愛染色，妳的情沒有到晶瑩剔透的境界，那就比一塊光澤不純的寶石，價值不能怎樣高的。

《愛眉小札》

【明月穿了輕快的衣裳】

在真的互戀裡，眉，妳可以盡量，盡性的給，把妳一切的所有全給妳的戀人，再沒有任何的保留，隱藏更不須說；這給，妳要知道，並不是給，像妳送人家一件袍子或是什麼，非但不是給掉，這給是真的愛，因為在兩情的交流中，給與愛再沒有分界；實際是妳給的多妳愈富有，因為戀情不是像金子似的硬性，它是水流與水流的交抱，是明月穿上了一件輕快的雲衣，雲彩更美，月色亦更艷了。

《愛眉小札》

【像糖化在水裡】

眉，妳懂得不是，我們買東西尚且要挑剔，怕上當，水果不要有蛀洞的，寶石不要有斑點的，布綢不要有皺紋的，愛是人生最偉大的一件事實，如何少得一個完全：一定得整個換整個，整個化入整個，像糖化在水裡，才是理想的事業，有了那一天，這一生也就有了交代了。

《愛眉小札》

【蜜性生活】

我們為什麼一定得隨俗說蜜月？愛人們的生活哪一天不是帶蜜性的，雖則這並不除外苦性，彼此的真相識、真了解，是蜜性生活的條件與秘密，再沒有別的了。

《眉軒瑣語》

【愛是做不盡的】

要知道愛是做不盡的，每天可以登峰，明天還一樣可以造極，這不是縫衣，針線有造完工的一天。但事實上呢，當然俗話說的「洞房花燭夜」是一個分明的段落；但妳我的愛，眉眉，我期望到海枯石爛日，依舊是與今天一樣的風光、鮮艷、熱烈。

《書信．致陸小曼》

【理性的調劑】

愛是不能沒有的，但不能太熱了。情感不能不受理性的相當節制與調劑。

《白朗寧夫人的情詩》

【熱情的永恆】

羅米歐與朱麗葉那姑娘，它那動人，它那美，它那力量，就在一個慘死。死是有恩惠的，它成全了真有情人熱情的永恆，朱麗葉要是做了羅米歐的太太，過天發了福，走路都顯累贅，再帶著一大群兒女，那還有什麼意味？

《白朗寧夫人的情詩》

【一對搏動的心】

純粹的愛在了解的深處流溢著。他們這時期的通信不再是書柬，不再是文字，是——「一對搏動的心」。

從黑暗轉到光明，從死轉到愛，從殘廢的絕望轉到健康的歡欣，愛的力量是一個奇蹟。

《白朗寧夫人的情詩》

【狹義的戀愛觀】

最發揮狹義的戀愛觀的要算是哥誇靄的馬班小姐，她只准她的情人一整宵透明的濃艷的快樂，算是彼此盡情的還願，不到天晚她就偷偷的告別，一輩子再不許他會面，她的唯一的理由就是要保全那「浪漫的熱戀」的晶瑩的印象。

《白朗寧夫人的情詩》

【戀愛的埋葬】

本來戀愛是一件事，夫妻又是一件事。拿破崙說結婚是戀愛的埋葬。這話的意思是說這兩件事兒是不相容的。這不是說夫妻間就沒有愛。

《白朗寧夫人的情詩》

【可尋味的幽默】

浪漫的愛雖則是純粹的呂律格，但結婚的愛也不一定是寬弛的散文。靠著在月光中泣濫的白石欄杆，散披著一頭金黃的髮絲，在夜鶯的歌聲中吸呼情致的纏綿，固然是好玩，但戴上老棉帽披著睡衣看尊夫人忙著招呼小兒女的鞋襪同時得照料你的早餐的冷熱，也未始沒有一種可尋味的幽默。露水甜，雨水也不定是酸。

《白朗寧夫人的情詩》

【小愛的箭鋒】

戀愛也是這樣，隨他們怎樣說法。用生理解釋也好，用物理解釋也好，用心理分析解釋也好，只要閉著眼赤體小愛的箭鋒落在妳的身上，妳張開眼來就覺得天地都變了樣，妳就會作為妳不能相信的作為，人家看來就說妳是瘋了——這就是戀愛的現象。

《壞詩，假詩，形似詩》

【甜蜜的愁思】

受了小愛箭傷的人，只願在他蜜甜的愁思，鮮美的痛苦裡，過他糊裡糊塗無始無終的時刻，他那時聽了人家頭冷血冷假充研究戀愛者的話，他只是冷笑。

《壞詩，假詩，形似詩》

【愛情像白天裡的星星】

愛情：像白天裡的星星，她早就迴避，早就沒了影。天黑它們也不得回來，半空裡永遠有烏雲蓋。

《秋蟲》

【壓迫感情是犯罪的行為】

感情，真的感情，是難得的，是名貴的，是應當共有的；我們不應得拒絕感情，或是壓迫感情，那是犯罪的行為，與壓住泉眼不讓上衝，或是掐住小孩不讓喘氣一樣的犯罪。

《落葉》

【感情是一種線索】

人在社會裡本來是不相連續的個體。感情，先天的與後天的，是一種線索，一種經緯，把原來分散的個體織成有文章的整體。

《落葉》

【不可理解的英勇】

因為只有愛能給人不可理解的英勇和膽，只有愛能使人睜開眼，認識真，認識價值，只有愛能使人全神的奮發，向前闖，為了一個目標，忘了火是能燒，水能淹。

《愛的靈感》

【精神的光熱根源】

正如沒有光熱這地上就沒有生命，要不是愛，那精神的光熱的根源，一切光明的驚人的事也就不能有。

《愛的靈感》

【熱烘烘的性臭】

戀愛——神秘的戀愛，理想的戀愛，「深鐵門獨兒」的戀愛，寢室裡的戀愛，田場裡的戀愛，種種浪漫的不規則的反常的戀愛——戀愛，戀愛，永遠是戀愛。

固然是男女是文藝的一個大動機，但東方人冷靜慣的頭腦，到西方去不論進書館，進戲館，進酒館，進公園，聞到的只是熱烘烘的性臭，見到的只是耀眼的性彩，聽到的只是令人肉麻的「性話」，真可以把人的神智都「性」昏了。

《得林克華德的〈林肯〉》

輯 2

妳的溫存是我的迷醉

我只要妳的思想與我的合併成一體，我們得互相體諒，在妳我間的一切都得從一個愛字裡流出。

【分一個糖塔餅】

男人只有一件事不知厭倦的。
女人心眼多，心眼兒小，男人聽不慣她們的談話。
對不對像是分一個糖塔餅，永遠分不均勻。

《眉軒瑣語》

【衝動是我的風】

感情是我的指南，衝動是我的風！

《書信．致陸小曼》

【戀愛的滋潤】

青年不受戀愛的滋潤，比如春陽霖雨，照灑沙磧永遠不得收成。

《沙士頓重遊隨筆》

【愛是唯一的榮光】

我愛，那時間妳我再不必張皇，
更不須聲訴，辯冤，再不必隱藏——
妳我的心，像一朵雪白的並蒂蓮，
在愛的青梗上秀挺，歡欣，解妍——
在主的跟前，愛是唯一的榮光。

《最後的那一天》

【天神似的英雄】

我是一團臃腫的凡庸，
她的是人間無比的仙容；
但當戀愛將她偎入我的懷中，
就我也變成了天神似的英雄！

《天神似的英雄》

【不夜的明珠】

這荒野有的是夜露的清鮮；
也不愁愁雲深裏，但須風動，
雲海裡便波湧星斗的流汞；
更何況永遠照徹我的心底；
有那顆不夜的明珠，我愛妳！

《愛的露感》

【心動的時候】

我有一個心，我有一個頭，我心動的時候，頭也是動的。我真應得謝天，我在這一輩子裡，本來自問已是陳死人，竟然還能嘗著生活的甜味，曾經享受過最完全，最奢侈的時辰，我從此是一個富人，再沒有抱怨的口實，我已經知足。

《愛眉小札》

【即使有一天心換了樣】

即使眉妳有一天（恕我這不可能的設想）心換了樣，停止了愛我，那時我的心就像蓮蓬似的栽滿了窟窿，我所有的熱血都從這些窟窿裡流走——即使有那樣悲慘的一天，我想我還是不敢怨的，因為妳我的心曾經一度靈通，那是不可滅的。上帝的意思到處是明顯的，他的發落永遠是平正的；我們永遠不能批評，不能抱怨。

《愛眉小札》

【戀中人的心境】

戀中人的心境真是每分鐘變樣，絕對的不可測度。昨天那樣的受罪，今天又這般的上天，多大的分別！「海外纏綿著夢境，銷魂今日的竟燕京」。

《愛眉小札》

【精神上的大富翁】

眉，我感謝上蒼，因為妳已經接受了我；這來，我的靈性有了永久的寄託，我的生命有了最光榮的起點，我這一輩子再不能想望關於我自身更大的事情發現，我一天有妳的愛，我的命就有根，我就是精神上的大富翁。

《愛眉小札》

【我什麼都有了】

只要妳，有妳我就忘卻一切，我什麼都不想，什麼都不要了，因為我什麼都有了。

《愛眉小札》

【從愛字流出】

眉，我沒有怪妳的地方，我只要妳的思想與我的合併成一體，絕對的泥縫，那就不易見錯兒了。我們得互相體諒，在妳我間的一切都得從一個愛字裡流出。

《愛眉小札》

【詩魂的滋養】

眉，我的詩魂的滋養全得靠妳，妳得抱著我的詩魂像抱親孩子似的，他冷了妳得給他穿，他餓了妳得餵他食——有妳的愛他就不愁餓不愁凍，有妳的愛他就有命！

《愛眉小札》

【往更高更美處走】

眉，妳得引著我的思想往更高更大更美處走；假如有一天我思想墮落或是衰敗時就是妳的羞恥，記著了，眉！

《愛眉小札》

【妳的愛不是平常的】

我固然這輩子除了妳沒有受過女人的愛，同時我也自信妳也該覺得妳的愛也不是平常的。

《愛眉小札》

【仰著頭獻給妳真愛】

先前我自己彷彿站得高些，我的眼是往下望的。那時我憐妳惜妳疼妳的感情是斜著下來到妳身上來的；漸漸的我覺得我看法不對，我不應站得比妳高些，我只能平看著妳。

我站在妳的正對面，我的淚上的光芒與妳的淚上的光芒針對著，交換著。妳的靈性漸漸的化入了我的，我也與妳一樣的覺悟了，一個新來的影響在我的人格中四布的貫徹——現在我連平視都不敢了。

我從妳苦惱與悲慘的情感裡憬悟了妳的高潔的靈魂的真際。這是上帝神光的反映，我自己不由的低降了下去。現在我只能仰著頭獻給妳我有限的真情與真愛，聲明我的驚訝與讚美。

《書信．致陸小曼》

【抱住整個宇宙】

眉眉，這怎好？我有妳什麼都不要了。文章、事業、榮耀我都不要了。詩、美術、哲學，我都想丟了。有妳我什麼都有了。抱住妳就好比抱住整個宇宙，還有什麼缺陷，還有什麼想望的餘地？

《書信．致陸小曼》

【消受甜蜜的時刻】

我真恨不得一把抱了妳往山裡一躲，什麼事都不問，單只妳我倆個細細地消受甜蜜的時刻。

《書信．致陸小曼》

【虛無與奇蹟】

這還不是他理想中的伴侶?沒有她人生是一個偉大的虛無,有了她人生是一個實現的奇蹟,他再不能懷疑,這是造化恩賜給他的唯一的機緣。

《白朗寧夫人的情詩》

【償還我的天真】

我可忘不了妳,那一天妳來,
就比如黑暗的前途見了光彩,
妳是我的先生,我愛,我的恩人,
妳教給我什麼是生命,什麼是愛,
妳驚醒我的昏迷,償還我的天真,
沒有妳我哪知道天是高,草是青?

《翡冷翠的一夜》

【為我多放點光芒】

愛，妳永遠是我頭頂的一顆明星：
要是不幸死了，我就變一個螢火，
在這園裡，挨著草根，暗沉沉的飛。
黃昏飛到半夜，半夜飛到天明，
只願天空不生雲，我望得見天，
天上那顆不變的大星，那是妳，
但願妳為我多放光明，隔著夜，
隔著天，通著戀愛的靈犀一點……

《翡冷翠的一夜》

【唱一曲海邊的戀歌】

海鷗聲裡，聽私語喁喁，

淺沙灘裡，印交錯的腳蹤，
我唱一曲海邊的戀歌，
愛，妳幽幽的低著嗓兒和！

《海邊的夢》

【更光明的實現】

就說愛，我雖則有了妳，愛，
不愁在生命道上感受孤立的恐慌，
但天知道我還想往上攀！
戀愛，我要更光明的實現：
草堆裡一個螢火企慕著天頂星羅：
我要妳我的愛高比得天！

《再休怪我的臉沉》

【再沒有力量把妳我分離】

妳，我的戀愛，早就不是妳：
妳我早變成一身，
呼吸，命運，靈魂——
再沒有力量把妳我分離。

《再休怪我的臉沉》

【經脈膠成同命絲】

妳我比是桃花接上竹葉，
露水合著嘴唇吃，
經脈膠成同命絲，
單等春風到開一個滿艷。

《再休怪我的臉沉》

【從心裡激出變化】

我是個平常的人，
我不能盼望在人海裡值得妳一轉眼的注意。
妳是天風：
每一個浪花一定得感到妳的力量，
從它的心裡激出變化，
每一根小草也一定得在妳的蹤跡下低頭，
在綠的顫動中表示驚異。

《愛的靈感》

【視覺的醇醪】

玫瑰，壓倒群芳的紅玫瑰，昨夜的雷雨，原來是妳發出的信號——真嬌貴的麗質！

妳的顏色，是我視覺的醇醪；我想走近妳，但我又不敢。
青年！幾滴白露在妳額上，在晨光中吐艷。
妳頰上的笑容，定是天上帶來的；可惜世界太庸俗，不能供給他們常住的機會。

《情死》

【我愛妳玫瑰】

我已經將妳擒捉在手內！我愛妳，玫瑰！
色香、肉體、靈魂、美、迷力——盡在我掌握之中。
我在這時發抖，妳——笑。
玫瑰！我顧不得妳玉碎香銷，我愛妳！

《情死》

【假如她常在我左右】

我亦願意讚美這神奇的宇宙，
我亦願意忘卻了人間有憂愁，
像一只沒掛果的梅花雀，
清朝上歌唱，黃昏時跳躍——
假如她清風似的常在我的左右！

《呻吟語》

【抱著妳是抱著天體】

看呀，我的手臂依舊抱著妳，
抱著妳是抱著天體。
看呀，我的心願依舊靠傍著妳，
我的心願充塞著大地。

《荒涼的城子》

【初次望到妳】

那一天我初次望到妳，
妳閃亮得如同一顆星，
我只是人叢中的一點，
一撮沙土，但一望到妳，
我就感到異樣的震動，
猛襲到我生命的全部，
真像是風中的一朵花，
我內心搖晃得像昏暈，
臉上感到一陣的火燒，
我覺得幸福，一道神異的
光亮在我的眼前掃過，
我又覺得悲哀，我想哭，

紛亂佔據了我的靈府。
但我當時一點不明白，
不知這就是陷入了愛！

《愛的靈感》

輯 3

柔情在靜夜的懷中顫抖

我的影子裡有妳的影子，我的聲音裡有妳的聲音，我的心裡有妳的心；魚不能沒有水，人不能沒有氧氣；我不能沒有妳的愛。

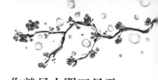

【一團火熱的真情】

眉，我恨不得立刻與妳死去，因為只有死可以給我們想望的清靜，相互的永遠的佔有。

眉，我來獻全盤的愛給妳，一團火熱的真情，整個兒給妳，我也盼望妳也一樣拿整個，完全的愛還我。

《愛眉小札》

【我的空氣與飲食】

眉呀，我祈望我的愛是妳的空氣，妳的飲食，有了就活，缺了就沒有命的一樣東西；不是雞豆或是蓮肉，有時吃固然痛快，過了時也沒有多大交關，石榴柿子青果跟著來替口味多著吧！

眉，妳知道我怎樣的愛妳，妳的愛現在已是我的空氣與飲食，到了一半天不可少的程度，因此我要知道在妳的世界裡我的愛佔一個什麼地方？

《愛眉小札》

【爆裂的危險】

眉，我是太癡了，自頂至踵全是愛，妳得明白我，妳得永遠用妳的柔情包住我這一團的熱情，決不可有一絲的漏縫，因為那時就有爆裂的危險。

《愛眉小札》

【絕對的全部】

妳看我活著不能沒有妳，不單是身體，我要妳的性靈，我，要妳身體完全的愛我，我也要妳的性靈完全化入我的，我要的是妳絕對的全部——因為我獻給妳的也是絕對的全部，那才當得起一個愛字。

《愛眉小札》

【就只是愛】

我沒有別的方法，我就有愛；沒有別的天才，就是愛；沒有別的能力，只是愛；沒有別的動力，只是愛。

《愛眉小札》

【有的只是愛】

我是極空洞的一個窮人，我也是一個極充實的富人——我有的只是愛。

《愛眉小札》

【妳的盟言還不曾實踐】

我現在只要想妳常說那就話早些應驗——「我總有一天報答你」，是的我也信，前世不論，今生是妳欠我債的；妳受了我的禮還不曾回答，妳的盟言——「完全是你的，我的身體，我的靈魂」——還不曾實踐，眉，妳決不能隨便墮落了，妳不能負我，妳的唯一的摩！

《愛眉小札》

【柔情向妳流去】

咳！我這一想起妳，我唯一的寶貝，我滿身的骨肉就全化成了水一般的柔情，向著妳那裡流去。

《書信．致陸小曼》

【心頭熱血最暖處】

我真恨不得剖開我的胸膛，把我愛放在我心頭熱血最暖處窩著，再不讓妳遭受些微風霜的侵暴，再不讓妳受些微塵埃的沾染。

《書信．致陸小曼》

【靈魂的一部分】

妳早已成我靈魂的一部，我的影子裡有妳的影子，我的聲音裡有妳的聲音，我的心裡有妳的心；魚不能沒有水，人不能沒有氧氣；我不能沒有妳的愛。

《書信．致陸小曼》

【妳盡量用吧】

我現在可以放懷的對妳說，我腔子裡一天還有熱血，妳就一天有我的同情與幫助；我大膽的承受妳的愛，珍重妳的愛，永葆妳的愛，我如其憑愛的恩惠還能從我性靈裡放射出一絲一縷的光亮，這光亮全是妳的，妳盡量用吧！

假如妳能在我的人格思想裡發現有些許的滋養與溫暖，這也全是妳的，妳盡量用吧！

《書信．致陸小曼》

【一切有愛在】

即使命運叫妳在得到最後勝利之前碰著了不可躲避的死，我的愛，那時妳就死。因為死就是成功，就是勝利。一切有我在，一切有愛在。

《書信．致陸小曼》

【等鐵樹兒開花】

妳不能忘我，愛，除了在妳心裡，
我再沒有命；是，我聽妳的話，我等，
等鐵樹兒開花我也得耐心等。

《翡冷翠的一夜》

【愛牆內的自由】

我要妳的愛有純鋼似的強，
我這流動的生裡起造一座牆；
任憑秋風吹盡滿園的黃葉，
任憑白蟻蛀爛千年的畫壁；

就使有一天霹靂震翻了宇宙——
也震不翻妳我「愛牆」內的自由！

《起造一座牆》

【戀魂悠久的逍遙】

我們要尋死，我們交抱著往波心裡跳，
絕滅了這皮囊，好叫妳我的戀魂悠久的逍遙。
這時候的新來的雙星掛上天堂，
放射著不磨滅的愛的光芒。

《海邊的夢》

【運命驅策著我】

這也許是癡。竟許是癡。
我信我確然是癡；但我不能轉撥一支已然定向的舵

萬方的風息都不容許我猶豫
我不能回頭，運命驅策著我。

《我等候妳》

【我還是甘願】

癡！想磔碎一個生命的纖微，為要感動一個女人的心！
想博得的，能博得的，至多是她的一滴淚、她的一陣心酸，
竟許一半聲漠然的冷笑；但我也甘願，
即使我粉身的消息傳到她的心裡如同傳給一塊頑石，她把我看作一隻
地穴裡的鼠，一條蟲，我還是甘願！

《我等候妳》

【心窩裡的牢結】

唉，癡心，女子是癡心的，
妳不能不信吧？有時候

我自己也覺得真奇怪，
心窩裡的牢結是誰給
打上的？為什麼打不開？

《愛的靈感》

【一瓣瓣想思都染著妳】

我再不能躊躇：我愛妳！從此起，我的一瓣瓣的思想都染著妳，
在醒時，在夢裡，想躲也躲不去，
我抬頭望，藍天裡有妳，我開口唱，悠揚裡有妳，
我要遺忘，我向遠處跑，另走一道，又碰到了妳，
枉然是理智的殷勤，因為我不是盲目，我只是癡。
但我愛妳，我不是自私。
愛妳，但永不能接近妳。
愛妳，但從不要享受妳。

《愛的靈感》

【不可思量是愛的靈感】

因為照亮我的途徑有愛，那盞神靈的燈，再有窮苦給我精力，推著我向前，使我怡然的承當更大的窮苦，更多的險。
妳奇怪吧，我有那能耐？
不可思量是愛的靈感！

《愛的靈感》

【完全佔定了妳】

容許我完全佔定了妳，
就這一晌，讓妳的熱情，
像陽光照著一流幽澗，
透澈我的淒冷的意識。

《愛的靈感》

【不死的印痕】

容許我感受妳的溫暖，
感受妳在我血液裡流，
鼓動我將次停歇的心，
留下一個不死的印痕；
這是我唯一，唯一的祈求……

《愛的靈感》

【不悔我的癡情】

濃蔭裡有一隻過時的夜鶯，
她受了秋涼
不如從前瀏亮
快死了，她說，但我不悔我的癡情！

《客中》

【柔情在深夜中顫動】

多情的鵑鳥，他終宵聲訴，
是怨，是慕，他心頭滿是愛，
滿是苦，化成纏綿的新歌，
柔情在靜夜的懷中顫動。

《杜鵑》

【黑暗沒有邊】

愛是癡，恨也是傻？
誰點得清恆河的沙？
不論妳夢有多麼圓，
周圍是黑暗沒有邊。

《活該》

【心腸只是一片柔】

但我不能責妳負，我不忍猜妳變，
我心腸只是一片柔；
妳是我的！我依舊將妳緊緊地抱摟
除非是天翻——但誰能想像那一天？

《我來揚子江邊買一把蓮蓬》

輯 4

在星輝斑斕裡放歌

即使得渡過死的海，妳我的靈魂也得結合在一起——愛給我們勇，能勇就是成功，要大拋棄才有大收成，大犧牲的決心是愛境唯一的通道。

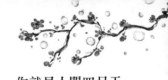

【選　擇】

妳現在的選擇，一邊是苟且暧昧的圖生，一邊是認真的生活；一邊是骯髒的社會，一邊是光榮的戀愛；一邊是無可理喻的家庭，一邊是海闊天空的世界人生；一邊是妳的種種的習慣，寄媽舅母，各類的朋友，一邊是我與妳的愛。

認清楚了這回，我最愛的眉呀，「差之毫釐，謬以千里」，「一失足成千古恨」，妳真的下一個完全自主的決心，叫愛妳期望妳的真朋友，一致起敬妳才好呢！

《愛眉小札》

【神靈的光亮】

不錯，勇敢，膽量，怕什麼？前途當然是有光亮的，沒有也得叫他有。一個靈魂有時可以到最黑暗的地獄裡去遊行，但一點神靈的光亮卻永遠在靈魂本身的中心點著——況且妳不是確信妳已經找著了妳的真歸宿，真理想，實現了妳的夢？

《書信．致陸小曼》

【不必遲疑】

來，讓這偉大的靈魂的結合毀滅一切的阻礙，創造一切的價值，往前走吧，再也不必遲疑！

《書信．致陸小曼》

【肉體也是有靈性的】

妳對上帝負有責任，妳對自己負有責任，尤其妳對於妳新發現的愛負有責任，妳已往的犧牲已經足夠，妳再不能輕易糟蹋一分半分的黃金光陰。人間的關係是相對的，應職也有個道理，靈魂是要救度的，肉體也不能永遠讓人家侮辱蹂躪，因為就是肉體也是含有靈性的。

《書信．致陸小曼》

【愛境唯一的通道】

但如果妳我的戀情是真的，那它一定有力量，有力量打破一切的阻礙，即使得渡過死的海，妳我的靈魂也得結合在一起——愛給我們勇，能勇就是成功，要大拋棄才有大收成，大犧牲的決心是愛境唯一的通道。

《書信．致陸小曼》

【想想我的一生】

曼，妳果然愛我，妳得想想我的一生，想想我倆共同的幸福，先求養好身體，再做積極的事。一無事做是危險的，飽食暖衣無所用心，決不是好事。

《書信．致陸小曼》

【愛，動手吧！】

我不敢說，我有辦法救妳，救妳就是救我自己，力量是在愛裡；再不容遲疑，愛，動手吧！

《書信．致陸小曼》

【拉緊妳自己】

頂要緊是妳得拉緊妳自己，別讓不健康的引誘搖動妳，別讓消極的意念過分壓迫妳。

妳要知道我們一輩子果真能有一個人的真相知真了解，我們的犧牲與苦惱與努力也就不算是枉費了。

《書信．致陸小曼》

【前面有人等著妳】

不必悲觀，不必壓迫，只要妳把定主意往前走，決不會走過頭，前面有人等著妳。

《書信．致陸小曼》

【暫時分別】

我在妳身旁，固然多少於妳有些幫助；但暫時分別也有絕大的好處。我人去了，我的思想還是在著，只要妳能容我的思想。

《書信．致陸小曼》

【靈魂的伴侶】

我將於茫茫人海中訪尋我唯一靈魂之伴侶；得之，我幸，不得，我命，如此而已。

《書信．致梁啟超》

【殉我們的戀愛】

我的愛再不可遲疑；
披散妳的滿頭髮，赤露妳的一雙腳；
跟著我來，我的戀愛，
拋棄這個世界
殉我們的戀愛！

【愛，妳跟著我走】

我拉著妳的手，愛，妳跟著我走；
聽憑荊棘把我們的腳心刺透，
聽憑冰雹劈破我們的頭，
妳跟著我走，我拉著妳的手，

《這是一個懦怯的世界》

逃出了牢籠，恢復我們的自由！

《這是一個懦怯的世界》

【在星的烈焰裡變灰】

遙遠是妳我間的距離；
遠，太遠！假如一只夜蝶
有一天得能飛出天外
在星的烈焰裡去變灰
（我常自己想），那我也許
有希望接近妳的時間。

《愛的靈感》

【她在哪裡】

我想著世界，我的身世；懊悵；淒迷，

滅絕的希冀，又在我們心裡，驚悸，
搖曳，像霧裡的草鬚；
她在哪裡？

《那一點神明的火焰》

【對著身影沉吟】

但這鶯，這一樹花，這半輪月——
我獨自沉吟，對著我的身影——
她在哪裡，哪，為什麼傷悲，凋謝，殘破？

《客中》

【在星輝斑斕裡放歌】

尋夢，撐一支長篙
向青草更青處漫溯，

滿載一船星輝，
在星輝斑斕裡放歌。

《再別康橋》

【地面上有我的方向】

假如我是一朵雪花，
翩翩的在半空裡瀟灑，
我一定認清我的方向——
飛颺，飛颺，飛颺——
這地面上有我的方向。

《雪花的快樂》

【溶入她的心胸】

那時我憑藉我的身輕，

盈盈的，沾住了她的衣襟，
貼近她柔波似的心胸——
消溶，消溶，消溶——
溶入了她柔波似的心胸！

《雪花的快樂》

【她的眼明星似的閃耀】

我眼前暗沉沉的地面，
我眼前暗森森的諸天，
她——我心愛的，哪裡去了——那好，
她的眼明星似的閃耀？

《荒涼的城子》

【為要尋一顆明星】

我衝入這黑綿綿的昏夜
為要尋一顆明星——
為要尋一顆明星，
我衝入這黑茫茫的荒野。

《為要尋一個明星》

【春光，火焰，熱情】

它飛了，不見了，沒了——
像是春光，火焰，像是熱情。

《黃鸝》

輯 5

月光涼透我的心坎

上山，聽泉，折花，望遠，看星，獨步，嗅草，捕蟲，尋夢——哪一處沒有妳，哪一處不惦著妳，哪一個心跳不是為著妳眉！

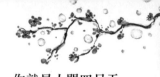

【哪一個心跳不是為著妳】

香山去只增添，加深我的懊喪與惆悵。眉，沒有一分鐘過去不帶著想妳的癡情，眉，上山，聽泉，折花，望遠，看星，獨步，嗅草，捕蟲，尋夢——哪一處沒有妳，眉，哪一處不惦著妳，眉，哪一個心跳不是為著妳，眉！

《愛眉小札》

【誰能割得斷】

離別！怎麼的能叫人相信？我想著了就要發瘋？這麼多的絲，誰能割得斷？我的眼睛又黑了……

《書信．致林徽音》

【可有絲毫的牽掛】

莽莽的天涯，哪裡是我的家，
哪裡是我的家？
愛人呀，我這般的想著妳，
妳那裡可也有絲毫的牽掛？

《海邊的夢》

【天空像她的愛情】

今晚的月亮像她的眉毛，
這彎彎的夠多俏！
今晚的天空像她的愛情，
這藍藍的夠多深！

《兩地相思》

【趁著月光清水似流】

啊，一顆純潔的愛我的心，那樣的專！那樣的真！
還不催快你胯下的牲口，趁月光清水似流，
趕回家，趁月光清水似流，去親你唯一的她！

《兩地相思》

【新月望到圓】

但有誰聽到，有誰哀憐？
妳踞坐在榮名的頂巔，有萬千人迎著妳鼓掌，
我，陪伴我有冷，有黑夜，我流著淚，獨跪在床前！
一年，又一年，再過一年，
新月望到圓，圓望到殘，
寒雁排成了字，又分散。

《愛的靈感》

【跟著秋流去】

這秋雨的私語，三秋的情思情事，
情詩情節，也掉落在秋水秋波的秋暈裡，
一渦半轉，跟著秋流去。

《私語》

【就只有我是孤身】

黎明時我憂忡忡的起身，打開我的窗櫺，
進來的卻不是光明，進來的是鮮明的愛情。
樹枝上的鳥雀已經甦醒起，我傾聽他們的歌音；
他們各自呼喚著他們的戀情；就只我是孤身。

《荒涼的城子》

【青苔涼透我的心坎】

看一回凝靜的橋影，
數一數螺鈿的波紋，
我倚暖了石欄的青苔，
青苔涼透了我的心坎。

《月下待杜鵑不來》

【傷春的歌喉】

水粼粼，夜冥冥，思悠悠，
何處是我戀的多情友？
風颼颼，柳飄飄，榆錢斗斗，
令人長憶傷春的歌喉。

《月下待杜鵑不來》

【往明月多處走】

今晚天上有半輪的下弦月；
我想攜著她的手，往明月多處走——
一樣是清光，我說，圓滿或殘缺。
園裡有一樹開剩的玉蘭花；
她有的是愛花癖，我愛看她的憐惜——
一樣是芬芳，她說，滿花與殘花。

《客中》

【最靈動的明睛】

我伸手向黑暗的空間抱，
誰說這飄渺不是她的腰？
我又飛吻給銀河邊的星，

那是我愛最靈動的明睛。

《白鬚的海老兒》

【妳怎麼還不來】

我等候妳。
我望著戶外的昏黃
如同望著將來，
我的心震盲了我的聽。
妳怎還不來？希望
在每一秒鐘上允許開花。

《我等候妳》

【生命中乍放的陽春】

妳這不來於我是致命的一擊，

打死我生命中乍放的陽春，
教堅實如礦裡的鐵的黑暗，
壓迫我的思想與呼吸；
打死可憐的希冀的嫩芽，
把我，囚犯似的，
交付給妒與愁苦，生的羞慚與絕望的慘酷。

《我等候妳》

【在絕望中沉淪】

這是冬夜的山坡，
坡下一座冷落的僧廬，
廬內一個孤獨的夢魂：
在懺悔中祈禱，在絕望中沉淪。

《夜半松風》

【彷徨的夢魂】

烈情的慘劇與人生的坎坷
又一度潮水似的淹沒了，
這彷徨的夢魂與冷落的僧廬？

《夜半松風》

【再不許停留】

這苦臉也不用裝，
到頭兒是總個忘！
得！我就再親妳一口；
熱熱的！去，再不許停留。

《活該》

【去山中浮動】

我想攀附月色，化一陣清風；
吹醒群松春醉，去山中浮動。

《山中》

【心泉的秘密】

一雙眼也在說話，
睛光裡漾起
心泉的秘密。

《別擰我，疼》

【斜欹的白蓮】

她是睡著了——

星光下一朵斜欹的白蓮；
她入夢境了——
香爐裡裊起一縷碧螺煙。

《她是睡著了》

輯 6

在夢的輕波裡依洄

真生命必自奮鬥自求得來，真幸福亦必自奮鬥自求得來，真戀愛亦必自奮鬥自求得來！

【再也沒有疑義】

眉，我悲觀極了，我胸口隱隱地生痛，我雙眼盈盈的熱淚，我就要妳，我此時要妳，我偏不能有妳，喔，這難受——戀愛是痛苦，是的，眉，再也沒有疑義。

《愛眉小札》

【無謂地應酬】

妳這無謂地應酬真叫人太不耐煩，我想真有氣，成天遭了強盜搶。老實說，我每晚睡不著也就為此，眉，妳真得小心些，要知道「防微杜漸」在相當時候是不可少的。

《愛眉小札》

【總是掃興】

說起來咱們久別見面，也該有相當表示，妳老是那坐著軀著不起身，我枉然每回想張開胳膊來抱妳親妳，一進家門，總是掃興。

《書信．致陸小曼》

【用涼水自澆身】

妳不記得我們的「翡冷翠的一夜」在松樹七號牆角裡親別的時候？我就不懂何以做了夫妻，形跡反而往疏裡去！那是一個錯誤。我有相當的情感和精力，妳不全盤承受，難道叫我用涼水自澆身？

《書信．致陸小曼》

【真幸福必自奮鬥得來】

真生命必自奮鬥自求得來，真幸福亦必自奮鬥自求得來，真戀愛亦必自奮鬥自求得來！彼此前途無限……彼此有改良社會之心，彼此有造福人類之心，其先自作榜樣，勇決智斷，彼此尊重人格，自由離婚，止絕苦痛，始兆幸福，旨在此矣。

《書信．致張幼儀》

【可不是對戀愛生厭】

不要著惱，乖乖，不要怪嫌，
我的臉繃得直長，
我的臉繃得直長，
可不是對妳，對戀愛生厭。

《再休怪我的臉沉》

【抱住我的思想】

給我勇氣，我要的是力量。
快來救我這圍城，
再休怪我的臉沉，

快來，我乖，抱住我的思想！

《再休怪我的臉沉》

【她的溫存，我的迷醉】

我不知道風是在哪一個方面吹——
我是在夢中，在夢的輕波裡依洄。
我不知道風是在哪一個方向吹——
我是在夢中，她的溫存，我的迷醉。

《我不知道風是在哪一個方面吹》

【又愛又恨那一天】

忽然有一天——我又愛又恨那一天——
我心坎裡癢齊齊的有些不連牽，
那是我這輩子第一次的上當，

有人說說是受傷——妳摸摸我的胸膛——
它來的時候我還不曾出世，
戀愛它到底是什麼一回事？

《戀愛到底是什麼一回事》

【用口擒住我的口】

妳枉然用手鎖著我的手，
女人，用口擒住我的口，
枉然用鮮血注入我的心，
火燙的淚珠見證妳的真；

遲了！妳再不能叫死的復活，
從灰土裡喚起原來的神奇：
縱然上帝憐念妳的過錯，

他也不能拿愛再交給妳！

《枉然》

【惱人的愛情】

白雲在藍天裡飛行：
我欲把惱人的年歲，
我欲把惱人的愛情，
托付與無涯的空靈——消泯。

《鄉村裡的音籟》

【我的心比蓮心苦】

我嘗一嘗蓮心，我的心比蓮心苦，
我長夜裡怔忡掙不開的惡夢，
誰知我的苦痛？

妳累了我，愛，這日子叫我何過？

《我來揚子江邊買一把蓮蓬》

【珍重裡有甜蜜的憂愁】

最是那一低頭的溫柔，
像一朵水蓮花不勝涼風的嬌羞，
道一聲珍重，道一聲珍重
那一聲珍重裡有甜蜜的憂愁
沙揚娜拉！

《沙揚娜拉十八首》

【她是冷豔的白蓮】

啊，她還是一枝冷艷的白蓮，
斜靠著曉風，萬種的玲瓏；

但我不是陽光，也不是露水，
我有的只是些殘破的呼吸，
如同封鎖在壁簷間的群鼠，
追逐著，追求著黑暗與虛無。

《殘破》

【是誰悲思的手指？】

又被它從睡夢中驚醒，深夜裡的琵琶！
是誰的悲思，是誰的手指，
像一陣淒風，像一陣慘雨，像一陣落花。

《半夜深巷琵琶》

【妳的芳心刺透】

新娘，妳為什麼緊鎖妳的眉尖，

（聽掌聲如春雨吼，鼓樂暴雨似的流！）
在繽紛的花雨中步慵慵的向前：
（向前，向前到禮台邊見新郎面！）
莫非這嘉禮驚醒了妳的憂愁：
一針針的憂愁
妳的芳心刺透
逼迫妳的熱淚流——
新娘，妳為什麼緊鎖妳的眉尖？

《新催妝曲》

【如今永遠封禁】

但為妳，我愛，如今永遠封禁，
在這無情的地下——
我更不盼天光，更無有春信：

我的是無邊的黑夜！

《問誰》

【我在深夜為誰淒惘？】

今夜那青光的三星在天上
傾聽著秋後的空院，
悄悄的，更不聞嗚咽；
落葉在泥土裡安眠——
只我在這深夜，啊，為誰淒惘？

《為誰》

【中著了無形的利箭】

這幾天秋風來得格外的尖厲；
我怕看我們的庭院，

樹葉傷鳥似的猛旋，
中著了無形的利箭——
沒了，全沒了；生命、顏色、美麗！

《為誰》

【惱人的秋聲】

這聲響惱著我的夢魂，
（落葉在庭前舞，一陣，又一陣，）
夢完了，呀，回復清醒；惱人的——
卻只是秋聲！

《落葉小唱》

【這回摔破的是我自己的心】

檐前的秋雨在說什麼？

「還有妳心裡那個留著做什麼？」
驀地裡又聽見一聲清新——
這回摔破的是我自己的心！

《丁當——清新》

【我不滅舊時的傷悲】

啊，明月！妳不滅舊時的光輝——
這橄欖林中泛濫著夜鶯的歡暢；
啊，明月，我也不滅舊時的傷悲——
妳來照我枕邊的淚痕清露似的滋長。

《詩句》

【希望，不曾站穩】

什麼？又（是一陣）打雷了——

在雲外，在天外又是一片暗淡，
不見了鮮虹彩——
希望，不曾站穩，又毀了。

《消息》

【火灼與冰激在胸間迴盪】

我咽住了我的話，低下了我的頭；
火灼與冰激在我的心胸間迴盪；
啊，我認識了我的命運，她的憂愁——
在這濃霧裡，在這淒清的道旁

《在那山道旁》

【妳為什麼背盟】

妳為什麼負心？我大聲的訶問——

但那喜慶的鬧樂侵蝕了我的悲憤；
妳為什麼背盟？我又大聲地訶問——
那碧綠的燈光照出妳兩腮的淚痕！

《一個惡夢》

【妳我的關係像在雲裡霧裡】

——我明白，我知曉妳的傷感，
憔悴的根源；可憐！我也記起，
依稀，妳我的關係像在這裡，
那裡，雲裡霧裡，哦，是的是的！

《妳是誰呀？》

【希望的埋葬】

希望，我撫摩著，

妳慘變的創傷，
在這冷默的冬夜
誰與我商量埋葬？

《希望的埋葬》

【他在為妳消瘦】

他在為妳消瘦，那一流澗水，
在無能的盼望，盼望妳飛回！

《獻詞》

【年表的滴滴清淚】

月，我硬咽著說，
請妳查一查我年表的滴滴清淚，
是放新帳還是清舊欠呢？

《小詩》

【在思潮的起伏間】

我還是不能忘——
不忘舊時的積累，
也不分是惱是愁是悔
在心頭，在思潮的起伏間，
像是迷霧，像是詛咒的兇險。

《難忘》

【埋掩在記憶中】

再沒有雷峰，雷峰從此掩埋在人的記憶中；
像曾經的夢幻，曾經的愛寵；
像曾經的夢幻，曾經的愛寵，
再沒有雷峰；雷峰從此掩埋在人的記憶中。

《再不見雷峰》

【為什麼感慨】

為什麼感慨，對著這光陰應分的摧殘？
世上多的是不應分的變態，
世上多的是不應分的變態，
為什麼感慨，對著這光陰應分的摧殘？

《再不見雷峰》

【我再不能回答】

妳再不用想我說話，
我的心早沉在海水底下；
妳再不用向我叫喚：
因為我——我再不能回答！

《珊瑚》

【獨步靜聽】

是誰家的歌聲，和悲緩的琴聲，
星茫下，松影間，有我獨步靜聽。

《月夜聽琴》

【一把戀愛的神經】

記否她臨別的神情
滿眼的溫柔和酸辛
妳握著她顫動的手
一把戀愛的神經？

《月夜聽琴》

【妳我的神交】

我多情的伴侶喲！
我羨妳蜜甜的愛焦，
卻不道黃昏的琴音，
聯就了妳我的神交。

《月夜聽琴》

【創一個完全的夢境】

深深的黑夜，依依的塔影，
團團的月彩，纖纖的波鄰——
假如妳我盪一隻無遮的小艇，
假如妳我創一個完全的夢境！

《月下雷峰影片》

輯 7

美是人間不死的光芒

妳的美是妳的運命！我走近來了；妳迷醉的色香又征服了一個靈魂——我是妳的俘虜！

【剝成了個赤裸的夢】

若說美是幻的，何以他引起的心靈反動能有如此之深切，若說美是真的，何以可以也與常物同歸腐朽，但理巴第探海燈似的智力雖則把人間種種事物虛幻的外象一一遞剝連宗教都剝成了個赤裸的夢，他卻沒有力量來否認美！

《曼殊斐兒》

【為什麼彩虹不常住天邊】

說宇宙是無情的機械，
為甚明燈似的理想閃耀在前；
說造化是真善美之創現，
為甚五彩虹不常住天邊？

《曼殊斐兒》

【美是人間不死的光芒】

「美是人間不死的光芒」，
不論是生命，或是希望；
便冷骸也發生命的神光，
何必問秋林紅葉去埋葬？

《希望的埋葬》

【我是妳的俘虜】

妳的美是妳的運命！
我走近來了；妳迷醉的色香又征服了一個靈魂——
我是妳的俘虜！

《情死》

【真，有永久的生命】

單純的爛漫的天真是最永久最有力量的東西，陽光燒不焦它，狂風吹不倒它，海水衝不了它，黑暗掩不了它——地面上的花朵有被摧殘有消滅的時候，但小孩愛花種花這一點：「真」卻有的是永久的生命。

《海灘上種花》

【春光是挽留不住的】

春光是挽留不住的，愛美的人也不是沒有，但美景既不常駐人間，我們至多只能實現暫時的享受，笑口不曾全開，怨顏又回來了！

《濟慈的夜鶯歌》

【具體的絕對美】

上帝沒有這樣便宜妳的事情，他決不給妳一個具體的絕對美，如果有，我們所有藝術的努力就沒有了意義；巧妙就在妳明知這山裡有金子，可是在哪一點妳得自己下工夫去找。

《巴黎的鱗爪》

【腐敗的字眼】

眉清目秀！思想落後！

唯美派的新字典上沒有這類腐敗的字眼。

《濃得化不開》

【性靈裡有審美的活動】

同時頂要緊的當然要妳自己性靈裡有審美的活動。

妳得有眼睛，要不然這宇宙不論它本身多美多神奇，在妳還是白來的。

《巴黎的鱗爪》

【藝術家審美的本能】

說起這藝術家審美的本能，我真要閉著眼感謝上帝——要不是它，豈不是所有人體的美，說窄一點，都變了古長安道上歷代帝王的墓窟，全叫一層或幾層薄薄的衣服給埋沒了！

《巴黎的鱗爪》

【衣服的障礙無形的消滅】

不論她在人堆裡站著，在路上走著，只要我的眼到，她的衣服的障礙就無形的消滅，正如老練的礦師一瞥就認出礦苗，我這美術本能也是一瞥就認出「美苗」，一百次裡錯不了一次；每回發見了可能的時候，我就非想法找到她剝光了她叫我看個滿意不成，上帝保佑這文明的巴黎，我失望的時候真難得有！

《巴黎的鱗爪》

【領略最純粹的美】

從一切的經驗中（感官的經驗）領略美的實在；從女性的神秘中領略最純粹的美的實在。

《丹農雪烏》

【實現純粹美感的神奇】

它只是怯伶伶的一座三環洞的小橋，它那橋洞間也只掩映著細紋的波粼與婆娑的樹影，它那橋上櫛比的小穿蘭與蘭節頂上雙雙的白石球，也只是村姑子頭上不誇張的香草與野花一類的裝飾；但妳凝神的看著，更凝神的看著，妳再反省妳的心境，看還有一絲屑的俗念沾滯不？只要妳審美的本能不曾汩滅時，這是妳的機會實現純粹美感的神奇！

《我所知道的康橋》

【美感的記憶】

美感的記憶，是人生最可珍的產業，認識美的本能是上帝給我們進天堂的一把秘鑰。

《曼殊斐兒》

【數大便是美】

「數大」便是美，碧綠的山坡前幾千個綿羊，挨成一片的雪絨，是美；一天的繁星，千萬只閃亮的神眼，從無極的藍空中下窺大地，是美；泰山頂山的雲海，巨萬的雲峰在晨光裡靜定著，是美；絕海萬頃的波浪，戴著各式的白帽，在日光裡動盪著，起落著，是美；愛爾蘭附近的那個「羽毛島」上棲著幾千萬的飛禽，夕陽西沉時只見一個「羽化」的大空，只是萬鳥齊鳴的大聲，是美……數大便是美，數大了，似乎按照著一種自然律，自然的會有一種特殊的排列，一種特殊的節奏，一種特殊的式樣，激動我們審美的本能，激發我們審美的情緒。

《志摩日記》

【沒有一件東西不是美的】

懂了物各盡其性的意義再來觀察宇宙的事物，實在沒有一件東西不是美的，一葉一花是美的不必說，就是毒性的蟲，比如蠍子，比如螞蟻，都是美的。

《話》

【美的幻象易滅】

我初動的感情覺得是可悲，何以美的幻象這樣的易滅，但轉念卻覺得不但不必為花悲，而且感悟了自然生生不已的妙意。花的責任，就在集中它看來所吸受陽光雨露的精神，開成色香兩絕的好花，精力完了便自落地成泥，圓滿功德，明年再過來。

《話》

【他要的是最高無上的】

什麼東西在旁人看來已經是盡善盡美的，在他看來通體都是錯。他要的是最高無上的，不可得的，人的力量永遠夠不到的。因此他的作品都沒有做完全的。

《達文騫的剪影》

【相對與絕對】

相對是絕對的反面。譬如你說那姑娘好看，我說他不好看，這是因為我們各人有自己的（主觀的）標準，所以好看不好看，都只相對而非絕對的。

《安斯坦相對主義》

【省念德性的永恆】

我們不敢附和唯美與頹廢，因為我們不甘願犧牲人生的闊大。為要雕鏤一只金鑲玉嵌的酒杯。美我們是尊重而且愛好的，但與其咀嚼罪惡的美艷不如省念德性的永恆，與其到海陀羅凹裡去收集珊瑚色的妙樂，還不如置身在擾攘的人間，傾聽人道那幽靜的悲涼的清商。

《新月的態度》

【生機在西風的背後】

凋零：又是一番秋信。天冷了。階前的草花有焦萎的，有風刮糊的，有蟲咬的，剩下三兩莖還開著的也都是低著頭，木遲遲的沒一絲光彩。人事亦是一般的憔悴。舊日的榮華已呈衰象，新的生機，即使有，也還在西風的背後。

《劇刊終期》

【秋陽叫你想起什麼】

這秋陽——他彷彿叫你想起什麼。一個老友的笑容或是你故鄉的山水。你看他多鎮靜，多自由，多可親愛，在半枯的草地上躺著，在斑駁的樹枝上掛著，在水面浮著。

《秋陽》

輯 8

美的神秘現象

事物解脫了迷離的外象，只呈露著赤裸的本體，善惡真偽平常不易捉摸的精靈，都被美的神光分明地照出。

【藝術化精神的安慰】

她像夏夜榆林中的鵑鳥，嘔出縷縷的心血來制成無雙的情由，便唱到血枯音嘶，也還不忘她的責任，是犧牲自己有限的精力，替自然界多增幾分的美，給苦悶的人間，幾分藝術化精神的安慰。

《曼殊斐兒》

【美滿的和諧】

妳多美呀，我醉後的小龍！妳那慘白的顏色與靜定的眉目使我想象起妳最後能解脫時的形象，使我覺著一種逼迫讚美與崇拜的激震，使我覺著一種美滿的和諧。

《一九二五年三月十日致陸小曼信》

【不可名狀的歡喜】

我愛妳樸素，不愛妳奢華。妳穿上一件藍布袍，妳的眉目間就有一種特異的光彩，我看了就覺得不可名狀的歡喜。

《愛眉小札》

【美的神秘現象】

美的分配在人體上是極神秘的一個現象，我不信有理想的全材，不論男女我想幾乎是不可能的；上帝拿著一把顏色望地面上撒，玫瑰、羅蘭、石榴、玉簪、剪秋羅，各樣都沾到了一種或幾種的彩澤，但決沒有一種花包涵所有可能的色調的，那如其有，按理論講，豈不是又得回復了沒顏色的本相？

《巴黎的鱗爪》

【一樣不可思議】

箕奧其安內的裸體實在是太美，太理想，太不可能，太不可思議？反面說，新派的比如雪尼約克的，瑪提斯的，塞尚的，高耿的，弗朗刺馬克的，又是太醜，太損，太不像人，一樣的太不可能，太不可思議。

《巴黎的鱗爪》

【細心去體會人體美】

人體美也是這樣的，有的美在胸部，有的腰部，有的下部，有的頭髮，有的手，有的腳踝，那不可理解的骨骼，筋肉，肌理的會合，形成各各不同的線條，色調的變化，皮面的漲度，毛管的分配，天然的姿態，不可制止的表情——也得妳不怕麻煩細心體會發見去。

《巴黎的鱗爪》

【東方的人體】

正如東方的玫瑰不比西方的玫瑰差什麼香味，東方的人體在得到相當的栽培以後，也同樣不能比西方的人體差什麼美——除了天然的限度，比如骨骼的大小，皮膚的色彩。

《巴黎的鱗爪》

【美的神光】

藝術的美是一架三角的分光鏡，我們在晶稜裡看出分析了的自然與人生，複雜的變成單純，事物解脫了迷離的外象，只呈露著赤裸的本體，善惡真偽平常不易捉摸的精靈，都被美的神光分明地照出。

《得林克華德的〈林肯〉》

【中國人的相貌】

中國人的相貌在西洋人看來最特別的地方是眼睛小鼻樑扁；眼睛是像浮面畫著的，鼻子自像紙剪粘上的，這來喘氣的與看世界的器官先就不爭氣，先就寒傖，怪不得我們做事情就是氣短，看事情眼光只是不寬。

《杜洛斯奇》

【等量與勻分的要素】

我們看東西站得太近了反而看不出等量與勻分的要素，容易把偶然或附帶的情形看作不變的品格；我們容易宣言一個美婦人臉上的毛孔有茶碗口一般大，卻忘了聲明我們的觀察是應用顯微鏡的結果。美婦人的臉是不應得用顯微鏡去看的，人類智力與靈性的活動也不能勉強用主義去標類的。

《唈死木死》

【詩的界境之真】

管他神是一個或是兩個或是無數或是沒有，詩人的標準，只是詩的境界之真；在一般人看來是不相容納的衝突（因為他們只見字面）他看來只是一體的諧合（因為他能超文字而悟實在）。

《泰戈爾來華》

【曼殊斐兒之美】

曼殊斐兒以美稱，然美固未足以狀其真，世以可人為美，曼殊斐兒固可人矣，然何其脫盡塵寰氣，一若高山瓊雪，清澈重霄，其美可驚，而其涼亦可感，艷陽白雪，幻成異彩，亦明明可識，然亦似神境在遠，不隸人間，曼殊斐兒肌膚明晳如純牙，其官之秀，其目之黑，其頰之腴，其約髮環整如髹，其神態之閑靜，有華族燦者之明粹，而無西艷伉杰之容。其軀體尤苗約，綽如也，若明蠟之靜焰，若晨星之淡妙，就語者未嘗不自訝其吐息之重濁，而慮是靜且淡者之且神化……

《曼殊斐兒》

【我的維納絲】

「是誰喔，我的愛佛洛提德，把妳糟成這淒慘的情形？她生成這小巧，我的維納絲，這可愛。她原先一定是平常百姓們的維納絲，不是一個大教堂的維納絲，像米羅那個。我想見她在花園當中一個石柱上耽著。妳知道，我的維納絲她那臉是上顏色的。正像是所有不自菲薄的美人，她是裝扮了的，玫瑰在她的臉上，櫻桃在她的嘴上。她眼的周圍有圓圈，她的睫毛是長長的。這類著色的口味在近代也有痕跡可尋，妳不是留神過神蘇爾庇斯教堂的那個。但是妳得記著雅典的光亮，蜜糖似的軟和，蜜糖似的金色。在這樣調諧的一個天底下，什麼東西看來都是調諧的了。」

《法郎士先生與維納絲》

【桃花全變了相】

昨天我瓶子裡斜插著的桃花，
是朵朵媚笑在美人的腮邊掛，
今兒它們全低了頭，全變了相；
紅的白的屍體倒懸在青條上。

《殘春》

【嫵媚是天生】

我愛她們體態的輕盈，
嫵媚是天生，嫵媚是天生，
我愛慕她們顏色的調勻，
蝴蝶似的光艷，蝴蝶似的輕盈——
沙揚娜拉！

《沙揚娜拉十八首》

【三春的顏色】

看呀，美麗！
三春的顏色移上了她的香肌，
是玫瑰，是月季，
是朝陽裡的水仙，鮮妍，芳菲！

《她是睡著了》

【苦痛容易記認】

快樂時辰容易過，是真的。容易過故痕跡不深，追憶時亦只一片春光爛漫，不辨枝條。苦痛正是反面，故爾容易記認。

《志摩日記：一九二五年十二月》

【陽光不是永遠辭別人間】

但我卻也相信這愁雲與慘霧並不是永久沒有散開的日子，溫暖的陽光也不是永遠辭別了人間；真的，也許就在大雨瀉的時候，你要是有耐心站在廣場上望時，西邊的雲罅裡也已經分明的透露著金色的光痕了！

《〈一條金色的光痕〉序》

輯 9

四月天的春光與希望

和藹的春光充滿了鴛鴦的池塘；快辭別寂寞的夢鄉，來和我摸一會魚兒，折一枝海棠。春光與希望，是長駐的；自然與人生，是調諧的。

【一灘的生趣與樂意】

海波亦似被晨曦喚醒，黃藍相間的波光，在欣然的舞蹈。灘邊不時見白濤湧起，迸射著雪樣的水花。浴線內點點的小舟與浴客，水禽似的浮著；幼童的歡叫，與水波拍岸聲，與潛濤嗚咽聲，相間的起伏，競報一灘的生趣與樂意。

《北戴河海濱的幻想》

【黑暗的虛空】

過去的實在，漸漸的膨脹，漸漸的模糊，漸漸的不可辨認；現在的實在，漸漸的收縮，逼成了意識的一線，細極狹極的一線，又裂成了無數不相聯續的黑點……黑點亦漸次的隱翳？幻術似的滅了，滅了，一個可怕的黑暗的空虛。

《北戴河海濱的幻想》

【寂寞中有不可言傳的和諧】

在這不盡的長吟中，我獨坐在冥想。難得是寂寞的環境，難得是靜定的意境；寂寞中有不可言傳的和諧，靜默中有無限的創造。我的心靈，比如海濱，生平初變的怒潮，已經漸次的消翳，只剩有疏鬆的海砂中偶爾的回響，更有殘缺的貝殼，反映星月的輝芒。此時摸索潮餘的斑痕，追想當時洶湧的情景，是夢或是真，再亦不須辨問，只此眉梢的輕皺，唇邊的微哂，已足解釋無窮奧緒，深深的蘊伏在靈魂的微纖之中。

《北戴河海濱的幻想》

【心神都感到了酣醉】

往更高處去。往頂峰的頂上去。頭頂著天，腳踏著地尖，放眼到寥廓的天邊，這次的憑眺不是尋常的憑眺。這不是香港，這簡直是蓬萊仙島，廉楓的全身，他的全人，他的全心神，都感到了酣醉，覺得震盪。宇宙的肉身的神奇。動在靜中，靜在動中的神奇。

《濃得化不開》

【西湖，還有什麼可留戀】

西湖的俗化真是一日千里，我每回去總添一度傷心：雷峰也羞跑了，斷橋折成了汽車橋，哈得在湖心裡造房子，某家大少爺的汽油船在三尺的柔波裡興風作浪，工廠的煙替代了出岫的霞，大世界以及什麼舞台的鑼鼓充當了湖上的啼鶯，西湖，西湖，還有什麼可留戀的！這回連平湖秋月也給糟蹋了，你信不信？

《醜西湖》

【哪樣不是現成的詩料】

「欲把西湖比西子，濃妝淡抹總相宜。」我們太把西湖看理想化了。夏天要算是西湖濃妝的時候，堤上的楊柳綠成一片濃青，裡湖一帶的荷葉荷花也正當滿艷，朝上的煙霧，向晚的晴霞，哪樣不是現成的詩料，但這西姑娘你愛不愛？我是不成，這回一見面我回頭就逃！什麼西湖這簡直是一鍋腥臊的熱湯！西湖的水本來就淺，又不流通，近來滿湖又全養了大魚，有四五十斤的，把湖裡裊裊婷婷的水草全給咬爛了，水混不用說，還有那魚腥味兒頂叫人難受。

《醜西湖》

【消息】

天上星斗的消息，地下泥土裡的消息，空中風吹的消息，都不關我們的事。忙著哪，這樣那樣事情多著，誰耐煩管星星的移轉，花草的消長，風雲的變幻？

《我所知道的康橋》

【康橋的靈性】

康橋的靈性全在一條河上；康河，我敢說是全世界最秀麗的一條水。康橋我要算是有相當交情的，再次只有新認識的翡冷翠了。啊，那些清晨，那些黃昏，我一個人發癡似的在康橋！絕對的單獨！

《我所知道的康橋》

【空氣竟像是透明的】

西伯利亞只是人少，並不荒涼。天然的景色亦自有特色，並不單調；貝加爾湖周圍最美，烏拉爾一帶連綿的森林亦不可忘。天氣晴爽時空氣竟像是透明的，亮極了，再加地面上雪光的反映，真叫你耀眼。

《西伯利亞》

【讚美是多餘的】

咳巴黎！到過巴黎的一定不會再希罕天堂；嘗過巴黎的，老實說，連地獄都不想去了。整個的巴黎就像是一床野鴨絨的墊褥，襯得你通體舒泰，硬骨頭都給熏酥了的——有時許太熱一些。那也不礙事，只要你受得住。

讚美是多餘的，正如讚美天堂是多餘的；咒詛也是多餘的，正如咒詛地獄是多餘的。巴黎，軟綿綿的巴黎，只在你臨別的時候輕輕地囑咐一聲「別忘了，再來！」其實連這都是多餘的。誰不想再去？誰忘得了？

《巴黎的鱗爪》

【最惹我的相思】

我哪一天不想往外國跑，翡冷翠與康橋最惹我的相思，但事實上的可能性小到我夢都不敢重做。

《一九二七年一月七日致胡適信》

【鈍與嫩】

我形容北京冬令的西山，尋出一個「鈍」字；我形容中秋的西湖，捨不了一個「嫩」字。

《志摩日記》

【得到解脫，實現消滅】

落葉，不錯，是衰敗和凋零的象徵，它的情調幾乎是悲哀的。但是那些在半空裡飄搖，在街道上顛倒的小樹葉兒，也未嘗沒有它們的嫵媚，它們的顏色，它們的意味，在少數有心人看來，它們在這宇宙間並不是完全沒有地位的。

「多謝你們的摧殘，使我們得到解放，得到自由。」它們彷彿對無情的秋風說；「勞駕你們了，把我們踹成粉，蹂成泥，使我們得到解脫，實現消滅。」它們又彷彿對不經心的人們這麼說。

《秋》

【在我靈魂的耳畔私語】

又是一悉秋意！那雨聲在急驟之中，有零落蕭疏的況味，連著陰沉的氣氳，只是在我靈魂的耳畔私語道：「秋！」我原來無歡的心境，抵禦住那樣溫婉的浸潤，也就開放了春夏間所積受的秋思，和此時外來的怨艾構合，產生一個弱的嬰兒——「愁」。

《印度洋上的秋思》

【凝成高潔情緒的菁華】

我一面將自己一部分的情感，看入自然界的現象，一面拿著紙筆，癡望著月移，想從她明潔的輝光裡，看出今夜地面上秋思的痕跡，希冀她們在我心裡，凝成高潔情緒的菁華。因為她光明的捷足，今夜遍走天涯，人間的恩怨，哪一件不經過她的慧眼呢？

《印度洋上的秋思》

【春風一到就可以抬頭】

道旁樹上的冰花可真是美；直條的，橫條的，肥的瘦的，梅花也欠它幾分晶瑩，又是那恬靜的神情，受苦還是含著笑。可不是受苦，小小的生命躲在枝幹最中心的纖維裡耐著風雪的侵凌——它們那心窩裡也有一大餅的涼但它們可不怨；它們明白，它們等著，春風一到它們就可以抬頭，它們知道，榮華是不斷的，生命是悠久的。

《死城》

【快辭別寂寞的夢鄉】

和藹的春光充滿了鴛鴦的池塘；快辭別寂寞的夢鄉，來和我摸一會魚兒，折一枝海棠。

《醒！醒！》

【康河的黃昏】

冬天是荒謬的壞，逢著連綿的霧盲天你一定不遲疑的甘願進地獄本身去試試；春天（英國是幾乎沒有夏天的）是更荒謬的可愛，尤其是它那四五月間最漸緩最艷麗的黃昏，那才真是寸寸黃金。在康河邊上過一個黃昏是一服靈魂的補劑。

《我所知道的康橋》

【河水在夕陽裡緩流】

河水在夕陽裡緩流，暮霞膠抹樹幹樹頭；蚱蜢飛，蚱蜢戲吻草光光，我在春草裡看看走走。

蚱蜢匐伏在錢花胸前，錢花羞得不住的搖頭，草裡忽伸出只藕嫩的手，將孟浪的跳蟲攔腰緊捘。

金花菜、銀花菜、星星瀾瀾，點綴著天然溫暖的青氈，青氈上青年的

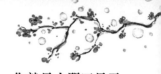

情藕，情意膠膠，情話啾啾。

《春》

【在空靈中飛舞】

我恨不能畫，辜負這秋色；我恨不能樂，辜負這秋聲，我的筆太粗，我的話太濁，又不能恰好的傳神這深秋的情調與這淡裡透濃的意味：但我的魂靈卻真是醉了，我把住了這馥郁的秋釀巨觥，我不能不盡情的引滿，那滑洵的洌液淹進了我的咽喉，浸入我的肢體，醉塞了我的官覺，醉透了我的神魂：××假如你也在那靜默的意境裡共賞那一山淡金的菩提，在空靈中飛舞，潛聽那蟲蝕的焦葉在你腳下清脆的碎裂！

《書信．致凌叔華》

輯 10

靈魂深處的愉快

山的起伏，海的起伏，光的起伏；山的顏色，水的顏色，光的顏色——形成了一種不可比況的空靈，一種不可比況的節奏，一種不可比況的諧和。

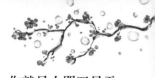

【離開了水的魚，能快活嗎？】

人人是自然的產兒，就比枝頭的花與鳥是自然的產兒；但我們不幸是文明人，人世深似一天，離自然遠似一天。離開了泥土的花草，離開了水的魚，能快活嗎？能生存嗎？從大自然，我們取得我們的生命；從大自然，我們應分取得我們繼續的資養。哪一株婆娑的大木沒有盤錯的根柢深入在無盡藏的地裡？我們是永遠不能獨立的。有幸福是永遠不離母親撫育的孩子，有健康是永遠接近自然的人們。

《我所知道的康橋》

【最純粹可貴的教育】

我生平最純粹可貴的教育是得之於自然界，田野，森林，山谷，湖，草地，是我的課室；雲彩的變幻，晚霞的絢爛，星月的隱現，田野的麥浪是我的功課；瀑吼，松濤，鳥語，雷聲是我的老師，我的官覺是他們忠謹的學生，受教的弟子。

《雨後虹》

【震盪著這生命的浮礁】

雲海也活了；眠熟了獸形的波瀾，又回復了偉大的呼嘯，昂頭搖尾的向著我們朝露染青饅形的小島沖洗，激起了四岸的水沫浪花；震盪著這生命的浮礁，似在報告光明與歡欣之臨蒞……

《泰山日出》

【光明的神駒】

一方的異彩，揭去了滿天的睡意，喚醒了四隅的明霞——光明的神駒，在熱奮地馳騁。

《泰山日出》

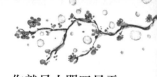

【自然界一體的喧嘩】

雷雨都到了猖獗的程度，只聽見自然界一體的喧嘩；雷是鼓，雨落草地是沉溜的弦聲，雨落水面是急珠走盤聲，雨落柳上是疏鬱的琴聲，雨落橋欄是擊草聲。

《雨後虹》

【靜是大動大變的先聲】

未雨之先萬象都只是靜，現在雨一過，風又斂跡，天上雖在那裡變化，地上還是一體地靜；就是陣雨前的靜，是空氣空實的現象，是嚴肅的靜，這靜是大動大變的符號先聲，是火山將炸裂前的靜；陣雨後的靜不同，空氣裡的濁質，已經徹底洗淨，草青樹綠經過了恐怖，重復清新自喜，益發笑容可掬，四圍的水氣霧意也完全滅跡，這靜是清的靜，是平靜，和悅安舒的靜。

《雨後虹》

【雲　影】

方才天上有塊雲，白灰色的，停在那盒子形的山峰的頂上，像是睡熟了，它的影子蓋住了那山上一大片的草坪，像是架空的一個大天篷，不讓和暖的太陽下來。

《小賭婆的大話》

【小鳥新編的讚美詩】

一只灰胸膛的小鳥，他是崇拜太陽的，正在提起他的嗓子重複的唱他新編的讚美詩，他忽然起了疑心。再為他耳旁青草上的幾顆露水，原來在陽光裡像是透明的珍珠，現在變成黯黯的，像是憂愁似的。他仰頭看天時，他更加心慌了，因為青天已經躲好，只剩白膚膚的一片不曉得是什麼。

《小賭婆兒的大話》

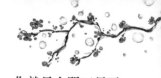

【陽光是健康唯一的來源】

記住太陽光是健康唯一的來源，比什麼藥都好。

《一九二六年二月六日致陸小曼信》

【指點著永恒的逍遙】

天外的雲彩為你們織就歡樂，起一座虹橋，指點著永恒的逍遙，在嘹亮的歌聲裡消納了無窮的苦厄！

《拜獻》

【晚景的温存】

陸放翁有一聯詩句：「傳呼快馬迎新月，卻上輕輿趁晚涼」，這是做地方官的風流。我在康橋時雖沒馬騎，沒轎子坐，卻也有我的風流：我常常在夕陽西曬時騎了車迎著天邊扁大的日頭直追。日頭是追不到的，我沒有夸父的荒誕，但晚景的溫存卻被我這樣偷嘗了不少。

《我所知道的康橋》

【在羽毛上印下幾顆金星】

要是你是一顆露水，低低的蹲在草瓣上，他就從東邊的樹蔭裡竄過來，一口擒住了你，叫你一肚子透明的思想顯得分外透明。要是你是一隻長背背的翠鳥翹著尾巴，從湖的這邊飛掠到湖的那一邊，（他）就從水面上跳起來在你的羽毛上飛快的印下幾顆閃亮的金星。

《秋陽》

【林海外更有雲海】

山居是福，山上有樓住更是修得來的。我們的樓窗開處是一片蓊蔥的林海；林海外更有雲海！日的光，月的光，星的光：全是你的。從這三尺方的窗戶你接受自然的變幻；從這三尺方的窗戶你散放你情感的

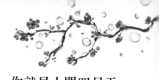

變幻。自在；滿足。

《天目山中筆記》

【不可比況的空靈】

山的起伏，海的起伏，光的起伏；山的顏色，水的顏色，光的顏色——形成了一種不可比況的空靈，一種不可比況的節奏，一種不可比況的諧和。一方寶石，一球純晶，一顆珠，一個水泡。

《「濃得化不開」之二》

【只要你認識了這一本書】

自然是最偉大的一部書，葛德說，在他每一頁的字句裡我們讀得最深奧的消息。

並且這書上的文字是人人懂得的；阿爾帕斯與五老峰，雪西里與普陀山，萊茵河與揚子江，梨夢湖與西子湖，建蘭與瓊花，杭州西溪的蘆雪與威尼市夕照的紅潮，百靈與夜鶯，更不提一般黃的黃麥，一般紫的紫藤，一般青的青草同在大地上生長，同在和風中波動——他們應用的符號是永遠一致的，他們的意義是永遠明顯的，只要你自己心靈上不長瘡瘢，眼不盲，耳不塞，這無形跡的最高等教育便永遠是你的名分，這不取費的最珍貴的補劑便永遠供你的受用。只要你認識了這一部書，你在這世界上寂寞時便不寂寞，窮困時不窮困，苦惱時有安慰，挫折時有鼓勵，軟弱時有督責，迷失時有南針。

《翡冷翠山居閑話》

【縱容滿腮的苔蘚】

作客山中的妙處，尤在你永不須躊躇你的服色與體態；你不妨搖曳著一頭的蓬草，不妨縱容你滿腮的苔蘚；你愛穿什麼就穿什麼；扮一個牧童，扮一個漁翁，裝一個農夫，裝一個走江湖的桀卜閃，裝一個獵戶；你再不必提心整理你的領結，你盡可以不用領結，給你的頸根與胸膛一半日的自由，你可以拿一條這邊顏色的長巾包在你的頭上，學一個太平軍的頭目，或是拜倫那埃及裝的姿態；但最要緊的是穿上你最舊的舊鞋，別管他模樣不佳，他們是頂可愛的好友，他們承著你的體重卻不叫你記起你還有一雙腳在你的底下。

《翡冷翠山居閑話》

【肉體與靈魂行動一致】

平常我們從自己家裡走到朋友的家裡，或是我們執事的地方，那無非是在同一大牢裡從一間獄室移到另一間獄室去，拘束永遠跟著我們，自由永遠尋不到我們；但在這春夏間美秀的山中或鄉間，你要是有機會獨身閒逛時，那才是你福星高照的時候，那才是你實際領受，親口嘗味，自由與自在的時候，那才是你肉體與靈魂行動一致的時候。

《翡冷翠山居閑話》

【靈魂的愉快】

只有你單身奔赴大自然的懷抱時，像一個裸體的小孩撲入他母親的懷抱時，你才知道靈魂的愉快是怎樣的，單是活著的快樂是怎樣的，單就呼吸單就走道單就張眼看聳耳聽的幸福是怎樣的。因此你得嚴格的為己，極端的自私，只許你，體魄與性靈，與自然同在一個脈搏裡跳動，同在一個音波裡起伏，同在一個神奇的宇宙裡自得。

《翡冷翠山居閑話》

【忘機亦忘世】

廬山名跡，頃刻未可窮盡，然山之奇異，尤在雲霞，頗擬作新雲賦以詠之。此塔不知何名，這塔亦不知名，然意境古澹絕俗，到此惟聽松聲鳥語，忘機亦忘世矣。

《一九二四年夏致徐崇慶信》

【樂音漫長的迴盪著】

這鼓一聲，鐘一聲，磬一聲，木魚一聲，佛號一聲……樂音在大殿裡，迂緩的，漫長的迴盪著，無數衝突的導流諧合了，無數相反的色彩淨化了，無數現世的高低消滅了……

《〈常州天宇寺聞禮〉懺》

【富士的威嚴和慈愛】

有富士永遠的站著，為他們站著，他們再也不膽寒。太陽光，地土的生長力，太平洋的波漫，山溪間倒映在水裡的杜鵑——全是他們的，他們欣欣的努力的作事，有富士看著他們，像一個有威嚴而又慈愛的老祖父。

《富士》

輯 11

人生的冰激與柔情

無常是造物的喜怒，茫昧是生物的前途，我們正應在苦痛中學習、修養、覺悟，在苦痛中發現我們內蘊的寶藏，在苦痛中領會人生的真際。

【減少一些哭泣】

即使人生是不能完全脫離苦惱，但如果我們能彼此發動一點仁愛心，一點同情心，我們未始不可以減少一些哭泣，增加一些喜笑，免除一些痛苦，散布一些安慰？

但我們有意志的自由嗎？多半是沒有。即使有，這些機會是不多的，難得的。

《湯麥士哈代》

【認明了醜陋的所在】

即使人生是有希望改善的，我們也不應故意的掩蓋這時代的醜陋，只裝沒有這回事。實際上除非徹底的認明了醜陋的所在，我們就不容易走入改善的正道。

《湯麥士哈代》

【惆悵是人生】

「這是風刮的！」風刮散了天上的雲，刮亂了地上的土，刮爛了樹上的花——它怎能不同時刮滅光陰的痕跡，惆帳是人生，人生是惆悵。

《這是風刮的》

【播種與栽培期】

我們得把人生看成一個整的；正如樹木有根有幹有枝葉有花果，完全的一生當然得具備童年與壯年與老年三個時期；童年是播種與栽培期，壯年是開花成蔭期，老年是結果收成期，童年期的重要，正在它是一個偉大的未來工作的預備，這部工夫做不認真不透徹時將來的花果就得代付這筆價錢。

《盧梭與幼稚教育》

【無常是造物的喜怒】

無常是造物的喜怒，茫昧是生物的前途，臨到「閉幕」的那俄頃，更不分凡夫與英雄，癡愚與聖賢，誰都得撒手，誰都得走。

《劇刊始業》

【心靈的大變】

所以不曾經歷過精神或心靈的大變的人們，只是在生命的戶外徘徊，也許偶爾猜想到幾分牆內的動靜，但總是浮的淺的，不切實的，甚至完全是隔膜的。

《我的祖母之死》

【幻裡的真，虛中的實】

人生也許是個空虛的幻夢，但在這幻象中，生與死，戀愛與痛苦，畢竟是陡起的奇峰，應得激動我們徬徨者的注意，在此中也許有可以感悟到一些幻裡的真，虛中的實，這浮動的水泡不曾破裂以前，也應得飽吸自由的日光，反射幾絲顏色！

《我的祖母之死》

【安坦的走進我們的墳墓】

如果我們的生前是盡責任的，是無愧的，我們就會安坦的走近我們的墳墓，我們的靈魂裡不會有慚愧或悔恨的嚙痕。人生自生至死，如勃蘭恩德的比喻，真是大隊的旅客在不盡的沙漠中進行，只要良心有個安頓，到夜裡你臥倒在帳幕裡也就不怕噩夢來纏繞。

《我的祖母之死》

【人生變成了負擔】

人生真是變了一個壓得死人的負擔，習慣與良心衝突，責任與個性衝突，教育與本能衝突，肉體與靈魂衝突，現實與理想衝突，此外社會、政治、宗教、道德、買賣、外交，都只是混沌更不必說。

《青年運動》

【所有的希望焙成了灰】

看著，這悠悠的無窮盡的人生道上，永遠，永遠悠悠的無窮盡的爬著一個倦極了的矮腿的老頭！你們在沙漠中或是在平原上旅行過的格外可以覺出這詩裡的壓迫的意味。

原是的，所有的人情濾成了渣，所有的理想踩成了泥，所有的希望焙成了灰，剩下的人生還不是一個乾枯的單調的沙漠似的東西？

《厭世的哈提》

【理想的自騙】

我不能不信人生的底質是善不是惡，是美不是醜，是愛不是恨；這也許是我理想的自騙，但卻明知是自騙，這騙也得騙，除是到了真不容自騙的時候。要不然我喘著氣為什麼？

《致凌叔華信》

【活著的木乃伊】

藝術，人生，解放，自由；這些不隨熟的字就比如一件毛蓑衣，除非你親自貼肉穿上了身去，你不會覺得真的它們有叫你渾身發癢的怪事。如其你這輩子從不曾有過這渾身發癢的經驗，我不僅替你可惜，我還替你可憐，因為這不曾發過癢的人還只是在孟婆亭前喝了孟婆湯原封未動的來路貨，他在這世上除了骨頭見天加硬再沒有別的變化！他是一個活著的木乃伊！

《唈死木死》

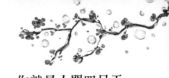

【只求平庸，不求出奇】

我們要把人生看作一個整的。支離的，偏激的看法，不論怎樣的巧妙，怎樣的生動，不是我們的看法。我們要走大路。我們要走正路。我們要從根本上做工夫。我們只求平庸，不出奇。

《新月的態度》

【工作，是唯一的福音】

人生根本就沒有問題。這都是那玄學鬼鑽進了懶惰人的腦筋裡在那裡不相干的搗玄虛來了！做人就是做人，重在這做字上，你天性喜歡工業，你去找工程事情做去就得。你愛整理國故，你尋你的國故整理去就得。

工作，更多的工作，是唯一的福音。把你的腦力精神一齊放在你願意做的工作上，你就不會輕易發揮感傷主義，你就不會無病呻吟。你只要盡力去工作，什麼問題都沒有了。

《秋聲》

【天空中永遠有不昧的明星】

我袒露我的坦白的胸襟，獻愛與一天的明星；任憑人生是幻是真，地球存在或是消泯——天空中永遠有不昧的明星！

《我有一個戀愛》

【人生只是個機緣巧合】

放寬一點說，人生只是個機緣巧合；別瞧日常生活河水似的流得平順，它那裡面多的是潛流，多的是漩渦——輪著的時候誰躲得了給捲了進去？那就是你發愁的時候，是你登仙的時候，是你辨著酸的時候，是你嘗著甜的時候。

《巴黎的鱗爪》

【在這黑暗的道上】

人生是艱難的。誰不甘願承受庸俗，他這輩子就是不斷的奮鬥。並且這往往是苦痛的奮鬥，沒有光彩沒有幸福，獨自在孤單與沉默中掙扎。窮困壓著你，家累累著你，無意味的沉悶的工作消耗你的精力，沒有歡欣，沒有希冀，沒有同伴，你在這黑暗的道上甚至連一個在不幸中伸手給你的骨肉的機會都沒有。

《羅曼羅蘭》

【在苦痛中發現內蘊的寶藏】

人生原是與苦俱來的，我們來做人的名分不是咒詛人生因為它給我們苦痛，我們正應在苦痛中學習、修養、覺悟，在苦痛中發現我們內蘊的寶藏，在苦痛中領會人生的真際。

《羅曼羅蘭》

【嫩芽的光澤】

我一把揪住西北風，問它要落葉的顏色，
我一把揪住東南風，問它要嫩芽的光澤。

《灰色的人生》

【寂寞的靈魂的呻吟】

來，我邀你們到密室裡去，聽殘廢的、寂寞的靈魂的呻吟；來，我邀你們到雲霄外去，聽古怪的大鳥孤獨的悲鳴；來，我邀你們到民間去，聽衰老的、病痛的、貧苦的、殘毀的、受壓迫的、煩悶的、奴役的、懦怯的、醜陋的、罪惡的、自殺的——和著深秋的風聲與雨聲——合唱的「灰色的人生」！

《灰色的人生》

【催老了人生】

艷色的田野，艷色的秋景，夢境似的分明，模糊，消隱——
催催催！是車輪還是光陰？
催老了秋容，催老了人生！

《滬杭車中》

【造化的詼諧與遊戲】

變幻的自然，變幻的人生，瞬息的轉變，暴烈與和平，劇心的慘劇與
怡神的寧靜——誰是主，誰是賓，誰幻復誰真？
莫非是造化兒的詼諧與遊戲，恣意的反覆著涕淚與歡喜，厄難與幸
運，娛樂他的冷酷的心，與我在雲外看雷陣，一般的無情？

《自然與人生》

【烈情與人生】

烈情的火焰，在層雲中狂竄；戀愛，嫉妒，咒詛，嘲諷，報復，犧牲、煩悶，瘋犬似的跳著、追著、嗥著，咬著，毒蟒似的絞著，翻著，掃著，舐著——猛進、猛進！狂風，暴風，電閃，雷霆；烈情與人生！

《自然與人生》

【人生也不是過分的刻薄】

因為他，你的孩兒，已經尋著了快樂，身體與靈魂，並且初次覺著這世界還是值得一住的，他從沒有這樣想過，人生也不是過分的刻薄。

《給母親》

【譜一折人生的新歌】

這時候蘆雪在明月下翻舞，我暗地思量人生的奧妙，我正想譜一折人生的新歌，啊，那蘆笛（碎了）再不成音調！

《西伯利亞道中憶西湖秋雪庵蘆色作歌》

【霎那的歡欣】

霎那的歡欣，曇花似的湧現，
開豁了我的情緒，忘卻的眷戀，
人生的惶惑與悲哀，惆悵與短促——
在這稚子的歡笑聲裡，想見了天國！

《天國的消息》

【都只是幻的妄的】

宇宙、人生、自我，都只是幻的妄的；人情、希望、理想也只是妄的幻的。

《曼殊斐兒》

【美，是真是幻？】

若說人生是有理可尋的，何以到處只是矛盾的現象，若說美是幻的，何以它引起心靈反動能有如此之深切，若說美是真的，何以可以與常物同歸腐朽。

《曼殊斐兒》

【人生與鮮露】

我此時在這蔓草叢中過路，無端的內惑，惆悵與驚訝，在這迷霧裡，在這岩壁下，思忖著，淚怦怦的，人生與鮮露？

《朝霧裡的小草花》

【丟了這可厭的人生】

反正丟了這可厭的人生，實現這死在愛裡，這愛中心的死，不強如五百次的投生？

《翡冷翠的一夜》

【人生的冰激與柔情】

人生的冰激與柔情，我也曾嘗味，我也曾容忍；有時階砌下蟋蟀的秋吟，引起我心傷，逼迫我淚零。

《我有一個戀愛》

【不應躲避苦惱】

我們這裡小天池多的是迷雲與慘霧，人生亦不見得一路有陽光的照亮，但這變異是重要的，天時與人生都少不了相替的陰晴與寒燠；否則這些閃亮的鑽寶似的詩歌到如今都不免深埋在原始的人心的礦石底裡，我們應得尋求幸福，我們都不應躲避苦惱，只有這裡面我們有機會證明人的靈魂的高貴與偉大。

【潔白美麗的稚羊】

咳，眼看著一隻潔白美麗的稚羊，讓那滿面橫肉的屠夫擎著利刀向著牠刀刀見血的蹂躪謀殺——旁邊站著不少的看客。那羊主人也許在內，不但不動憐惜反而稱讚屠夫的手段，好像他們都掛著饞涎想分嘗美味的羊羔哪。

《一九二四年八月致郭子雄信》

《書信．致陸小曼》

【今天的希望變作明天的悵惘】

你說不自由是這變亂的時光？但變亂還有時罷休，誰敢說人生有自由？

今天的希望變作明天的悵惘；星光在天外冷眼瞅，人生是浪花裡的浮漚！

《三月十二深夜大沽口外》

輯 12

星月裡的光輝

香草在你的腳下，春風在你的臉上，微笑在你的周遭。大自然的優美、寧靜、調諧在這星光與波光的默契中不期然的淹入了你的性靈。

【春光與希望是長駐的】

在這艷麗的月輝中，只見愉悅與歡舞與生趣，希望，閃爍的希望，在盪漾在無窮的碧空中，在綠葉的光澤裡，在蟲鳥的歌吟中，在青草的搖曳中——夏之榮華，春之成功。春光與希望，是長駐的，自然與人生，是調諧的。

《北戴河海濱的幻想》

【至美的象徵】

我只是個自然崇拜者，我以為自然界種種事物，不論其細如澗石，皙如花，黑如炭，明如秋月，皆孕有甚深之意義，皆含有不可理解之神秘，皆為至美之象徵。

《鬼話》

【宇宙不可用心量】

宇宙不是一匹布，人心不是一管尺，布可以用尺量，宇宙不是一定可以用心量。

《安斯坦相對主義》

【大自然是一本奇妙的書】

大自然才是一本奇妙的書，每張上都寫著無窮無盡的意義，我們只要學會了研究這一大本書的方法，多少能夠了解他內容的奧義，我們的精神生活就不怕沒有資養，我們理想的人格就不怕沒有基礎。

《訪》

【生活本體與大自然】

真偉大的消息都蘊伏在萬事萬物的本體裡，要聽真值得一聽的話，只

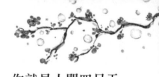

有請教兩位最偉大的先生。

現放在我們面前的兩位大教授，不是別的，就是生活本體與大自然。

《話》

【沾上你記憶的顏色】

香草在你的腳下，春風在你的臉上，微笑在你的周遭。不拘束你，不責備你，不督飭你，不窘你，不惱你，不揉你。它摟著你，可不縛住你；是一條溫存的臂膀，不是根繩子。它不是不讓你跑，但它那招搖的指尖卻永遠在你的記憶裡晃著。多輕盈的步履，羅襪的絲光隨時可以沾上你記憶的顏色。

《巴黎的鱗爪》

【浪漫的思鄉病】

我自己也是深感這浪漫的思鄉病的一個；我只有「草青人遠，一流冷澗」……但我們這想望的境界有容我們達到的一天嗎？

《吸煙與文化》

【與愛人嘴唇上的香味一樣】

水邊的蟲叫，那燕語，那山響，那濤聲，都是有意義的，但他們各個意義都只與你「愛人」嘴唇上的香味一樣——都在你自己的想像裡。

《死屍》

【聽出宇宙進行的聲息】

我在這沉靜的境界中徘徊，在凝神地傾聽……

聽不出青林的夜樂，聽不出康河的夢囈，聽不出鳥翅的飛聲；我卻在這靜溫中，聽出宇宙進行的聲息，黑夜的脈搏與呼吸，聽出無數的夢魂的匆忙蹤跡；也聽出我自己的幻想，感受了神秘的衝動，在豁動他久斂的羽融，準備飛出他沉悶的巢居，飛出這沉寂的環境，去尋訪。

《夜》

【秋月】

輕裹在雲錦之中的秋月，像一個遍體蒙紗的女郎，她那團圓清朗的外貌像新娘，但同時她羃弦的顏色，那是藕灰，她踟躇的行踵，掩泣的痕跡，又使人疑是送喪的麗姝。

《印度洋上的秋思》

【秋思的泉源】

昨晚的月色就是秋思的泉源，豈止，真是悲哀幽騷悱怨沉鬱的象徵，是季候運轉的偉劇中最神秘亦最自然的一幕，詩藝界最淒涼亦最微妙的一個消息。

《印度洋上的秋思》

【月光有一種神秘的引力】

月光有一種神秘的引力。她能使海波咆哮，她能使悲緒生潮。月下的喟息可以結聚成山，月下的情淚可以培時百畝的畹蘭，千莖的紫琳耿。

《印度洋上的秋思》

【月光渡過了愛爾蘭海峽】

月光渡過了愛爾蘭海峽，爬上海爾佛林的高峰，正對著靜默的紅潭。潭水凝定得像一大塊冰，鐵青色。四圍斜坦的小峰，全都滿鋪著蟹青和蛋白色的岩片碎石，一株矮樹都沒有。沿潭間有些叢草，那全體形勢，正像一大青碗，現在滿盛了清潔的月輝，靜極了，草裡不聞蟲吟，水裡不聞魚躍；只有石縫裡潛澗瀝淅之聲，斷續地作響，彷佛一座大教堂裡點著一星小火，益發對照出靜穆寧寂的境界，月兒在鐵色的潭面上，倦倚了半晌，重複撥起她的銀瀉，過山去了。

《印度洋上的秋思》

【因秋窗拈新愁】

我並不是為尋秋意而看月，更不是為覓新愁而訪秋月，蓄意沉浸於悲哀的生活，是丹經所不許的。我蓋見月而感秋色，因秋窗而拈新愁：人是一簇脆弱而富於反射性的神經！

《印度洋上的秋思》

【一顆鮮翠的明星問探消息】

北天雲幕豁處，一顆鮮翠的明星，喜孜孜地先來問探消息，像新嫁媳的侍婢，也穿扮得遍體光艷。

《印度洋上的秋思》

【愛人的情影像流水似的流動】

一個失望的詩人，坐在河邊一塊石頭上，滿面寫著幽鬱的神情，他愛人的倩影，在他胸中像河水似的流動，他又不能在失望的渣滓裡榨出些微甘液，他張開兩手，仰著頭，讓大慈大悲的月光，那時正在過路，洗沐他淚腺濕腫的眼眶，他似乎感覺到清心的安慰，立即摸出一枝筆，在白衣襟上寫道：月光，妳是失望兒的乳娘！

《印度洋上的秋思》

【不期然的淹入了你的性靈】

在星光下聽水聲，聽近林晚鐘聲，聽河畔倦牛芻草聲，是我康橋經驗中最神秘的一種；大自然的優美，寧靜，調諧在這星光與波光的默契中不期然的淹入了你的性靈。

《我所知道的康橋》

【古唐時的壯健常索我的夢想】

古唐時的壯健常索我的夢想，

那時洛邑的月色，那時長安的陽光；
那時的蜀道猿啼，那時的巫峽濤響；
更有那哀怨的琵琶，在深夜的潯陽！

《留別日本》

【給我們一個盡量的陶醉】

月出來不到一點鐘又被烏雲吞沒了，但我卻盼望，她還有掃蕩廓清的能力，盼望她能在一半個時辰內，把掩蓋住青天的妖魔，一齊趕到天的那邊去，盼望她能盡量的開放她的清輝，給我們愛月的一個盡量的陶醉——那時我便在三個印月潭和一座雷峰塔的媚影中做一個小鬼，做一個永遠不上岸的小鬼，都情願，都願意！

《志摩日記》

【雨後的泥草】

蕉心紅得濃，綠草綠成油。本來末，自然就是淫，它那從來不知厭滿的創化欲的表現還不是淫；淫，甚也。不說別的，這雨後的泥草間就是萬千小生物的胎宮，蚊蟲，甲蟲，長腳蟲，青跳蟲，慕光明的小生靈，人類的大敵。熱帶的自然更顯得濃厚，更顯得猖狂，更顯得淫，夜晚的星都顯得玲瓏些，像要向你說話半開的妙口似的。

《濃得化不開》

【秋之魂】

在白天的日光中看蘆花，不能見蘆花的妙趣；他是同丁香與海棠一樣，只肯在月光下洩漏他靈魂的秘密；其次亦當在夕陽晚風中。去年十一月我在南京看玄武湖的蘆荻，那時柳葉已殘，蘆花亦飛散過半，但紫金山反射的夕照與城頭倏起的涼，叢草裡驚起了野鴨無數，墨點似的灑滿雲空（高下的鳴聲相和），與一湖的飛絮，沉醉似的舞著，寫出一種淒涼的情調，一種纏綿的意境，我只能稱之為「秋之魂」，不可以言語比況的秋之魂！

《志摩日記》

【神仙之宮】

阮公墩也是個精品，夏秋間竟是個綠透了的綠洲。晚上霧靄蒼茫裡，背後的群山，只剩了輪廓！她與湖心亭一對乳頭形的濃青——墨青，遠望去也分不清是高樹與低枝，也分不清是榆蔭是柳蔭，只是兩團媚極了的青嶼——誰說這上面不是神仙之居？

《志摩日記》

【悲涼的況味】

這墓園的靜定裡，別有一種悲涼的況味，聽不著村舍的雞犬，聽不著宿鳥的幽呼聲，有的只是風聲，你凝神時辨認得出它那手指挑弄著的是哪一條弦索，這緊峭的是栗樹聲，那揚沙似瀟灑的是菩提樹音，那群鴉翻樹似海潮登岩似的大聲是白楊的狂嘯。更有那致密的細渡嗞沙磧似的是柏子的漏響——同時在這群音驕響中無邊的落葉，黃的，棕色的，深紅的，黯青的，肥如掌的，捲如髮的，細如豆的，狹如眉的，一齊乘著無形中吹息的秋風，冷冷斜飄下地，他們重絨似的鋪在半枯草地上，遠看著像是一扃仰食的春蠶；近睇時，他們的身上都是密布著針繡似的、蝕牙的細孔。

《書信．致凌叔華》

【軟弱的輝芒】

河面只閃著些纖微，軟弱的輝芒，橋邊的長梗水草，黑沉沉的像幾條爛醉的鮮魚橫浮在水上，任憑憊懶的柳條，在他們的肩尾邊撩拂；對岸的牧場，屏圍著墨青色的榆蔭，陰森森的，像一座才定的古墓；那邊樹背光芒，又是什麼呢？

《夜》

【強烈痛快的震撼】

我對此自然從大力裡產出的美；從劇變裡透出的和諧；從紛亂中轉出的恬靜；從暴怒中映出的微笑；從迅奮裡結成的安閒；只覺得胸頭塞滿——喜悅驚訝，愛好，崇拜，感奮的情緒，滿身神經都感受強烈痛快的震撼，兩眼火熱地蓄淚欲流，聲音肢體頭隨身旁的飛禽歌舞。

《雨後虹》

輯 13

我那熱情的火焰

愁雲與慘霧並不是永久沒有散開的日子，溫暖的陽光也不是永遠辭別了人間；真的，也許就在大雨瀉的時候，你要是有耐心站在廣場上望時，西邊的雲罅裡也已經分明的透露著金色的光痕了！

【陽光照不到的】

浮動在上一層的許是光明，是歡暢，是快樂，是甜蜜，是和諧。但沉澱在底裡陽光照不到的才是人事經驗的本質；說重一點是悲哀，說輕一點是惆悵！誰不願意永遠在快樂的輕波裡漾著，可得留神你往深處去的發見！

《巴黎的鱗爪》

【除了消滅更有什麼願望】

陰沉，黑暗，毒蛇似的蜿蜒，生活逼成了一條通道：
一度陷入，你只可向前，手捫索著冷壁的粘潮。
在妖魔的腑臟內掙扎，頭頂不見一線的天光，
這魂魄，在恐怖的壓迫下，除了消滅更有什麼願望？

《生活》

【靈魂裡掉下一滴悲憫的清淚】

你說「風大土大，生活乾燥」。這話彷彿是一陣奇怪的涼風，使我感覺一個恐怖的戰慄；像一團飄零的秋葉，使我的靈魂裡掉下一滴悲憫的清淚。

《一封信》

【乾燥像一個影子】

我閉著眼向我的靈府裡問訊，呀，我竟尋不到一個與乾燥脫離的生活的意象，乾燥像一個影子，永遠跟著生活的腳後，又像是蔥頭的蔥管，永遠附著在生活的頭頂，這是一件奇事。

《一封信》

【生活是夠膩煩的】

生活是夠膩煩的，誰都感得到，但我們弄筆頭的似乎感受得比一般人更深刻些——至少在他們的寫作裡。

《一點點子契訶甫》

【麼都走岔了道】

這年頭你再不用想有什麼事兒如意。往東東有累墜；往西西有別扭。眼見的耳聞的滿沒有讓你寬心的事。屋子外面缺少光亮。回家來顯得黯慘。出門去道兒不平順，自個兒坐在空房裡轉念頭時，滿腦子也只是怕人的鬼影。大事兒是一片糊，小零星也不得乾淨。想找人訴訴苦，來人的臉子繃得比你的更長。你笑人家不認得真珠，你自己用錦匣兒裝著的也全是機器的出品。什麼都走岔了道，什麼都長豁了樣。這年頭，這年頭，這年頭！

《年終便話》

【我們靠著活命的】

我們靠著維持我們生命的不僅是麵包，不僅是飯；我們靠著活命的，用一個詩人的話，是情愛，敬仰心，希望。

《秋聲》

【不預期的發現】

出門人也不能太小心了。走道總得帶些探險的意味。生活的趣味大半就在不預期的發現，要是所有的明天全是今天刻板的化身，那我們活什麼來了？正如小孩子上山就得採花，到海邊就得撿貝殼，書呆子進圖書館想撈新智慧。

《巴黎的鱗爪》

【不自由的感覺】

我們都是在生活的蜘網中膠住了的細蟲，有的還在勉強掙扎，大多數是早已沒了生氣，只當著風來吹動網絲的時候頂可憐相的晃動著，多經歷一天人事，做人不自由的感覺也跟著真似一天。

《求醫》

【生活都是謊打底的】

一切人的生活都是謊打底的，志摩，你這個癡子妄想拿真去代謊，結果你自己輪著雙層的大謊，罷了，真罷了！

《愛眉小札》

【巴黎的漩渦】

巴黎也不定比別的地方怎樣不同：不同就在那邊生活流波裡潛流更猛，漩渦更急，因此你給捲進去的機會也就更多。

《巴黎的鱗爪》

【生　活】

實際的生活逼得越緊，理想的生活宕得越空。

《再剖》

【蓬萊不是我的分】

我再不想成仙，蓬萊不是我的分；我只要這地面，情願安分的做人。

《迎上前去》

【思想的十字架】

生命還不是頂重的擔負，比生命更重實更壓得死人的是思想那十字架。人類心靈的歷史裡能有幾個天成的孟賁烏育？在思想可怕的戰場上我們就只有數得清有限的幾具光榮的屍體。

《迎上前去》

【個性的表現】

整個的宇宙，只是不斷的創造；所有的生命，只是個性的表現。

《話》

【特異品格的表現】

我們生命裡所包涵的活力，也不問你在世上做將，做相，做資本家，做勞動者，做國會議員，做大學教授，而只要求一種特異品格的表現，獨一的，自成一體的，不可以第二類相比稱的，猶之一樹上沒有兩張絕對相同的葉子，我們四萬萬人裡也沒有兩個相同的鼻子。

《話》

【哪件事做得了主？】

生命的把戲是不可思議的！我們都是受支配的善良的生靈，哪件事我們做得了主？

《〈猛虎集〉序》

【支使生命】

睜大了眼，什麼事都看分明，
但自己又何嘗能支使生命？

《火車擒住軌》

【性情變了顏色】

可怕的枯燥，好比是一種毒劑，他一進了我們的血液，我們的性情，我們的皮膚就變了顏色，而且我怕是離著生命遠，離著墳墓近的顏色。

《落葉》

【生命這十字架】

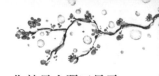

嘿，生命這十字架，有幾個人扛得起來？

《迎上前去》

【骷髏面上的笑話】

一般人也許很願意承認現世界是「可能的最好」，人生是有價值的，有意義的，有希望的，幸福與快樂是本分，不幸與挫折是例外或偶然，雲霧散了還是青天，黑夜完了還是清晨。但這種淺薄的樂觀，當然經不起更深入的考察，當然只能激起徹底的思想家的冷笑；在哈代看來，這派的口調，只是「骷髏面上的笑話！」

《哈代的悲觀》

【大災難只是偉大的鼓勵】

他們不但不悲觀，不但不消極，不但不絕望，不但不低著嗓子乞憐，不但不倒在地下等救，在他們看來這大災難，只是一個偉大的激刺，偉大的鼓勵，偉大的靈感，一個應有的試驗，因此他們新來的態度只是雙倍的積極，雙倍的勇猛，雙倍的興奮，雙倍的有希望；他們彷佛是經過大戰的大將，戰陣愈急迫愈危險，戰鼓愈打得響亮，他的膽量愈大，往前衝的步子愈緊，必勝的決心愈強。

《落葉》

【年輕人的答案】

是是還是否；是積極還是消極；是生道還是死道；是向上還是墮落？在我們年輕人一個字的答案上就掛著我們全社會的運命的決定。

《落葉》

【空中求色，色中求空】

佛說色即是空，空即是色，世俗謬解，負色負空。我謂從空中求色，乃為真色，從色求空，乃得真空；色，情也戀也，空，想像之神境也。

《鬼話》

【時代迷信的黑影】

在我們一班信仰精神生命的癡人，在我們還有過大可守的日子，決不能讓實利主義的重量完全壓倒人的性靈的表現，更不能容忍某時代迷信的黑影完全淹沒了宇宙間不變的價值。

《論自殺》

【生命的信徒】

厭世觀與生命是不可並存的；我是一個生命的信徒，起初是的，今天還是的，將來我敢說也是的。

《迎上前去》

【發現自己的真】

「單獨」是一個耐尋味的現象。我有時想它是任何發現的第一個條件。你要發現你的朋友的「真」，你得有與他單獨的機會。你要發現你自己的真，你得給你自己一個單獨的機會。你要發現一個地方（地方一樣有靈性），你也得有單獨玩的機會。我們這一輩子，認真說，能認識幾個人？能認識幾個地方？我們都是太匆忙，太沒有單獨的機會。說實話，我連我的本鄉都沒有什麼了解。

《我所知道的康橋》

【神經的反射性】

適當的義憤是人類史上許多奇事偉跡的動機，但任性的恚怒，只是產生不必有的擾攘，並且自傷貴體；我們知道世上多少大戰亂變亂災難，都是起源於人體的生理作用，原因於神經的反射性過強；我們應得咀嚼「文王一怒而天下平」的怒字，不應得縱容自己去學那些Eternally exasperated housewires！

《書信．致成仿吾》

【骯髒黑暗】

只要你不存心去親近骯髒黑暗，骯髒黑暗也很不易特地來親近你。

《書信・致成仿吾》

【向地獄裡守去】

你要真靜定，須向狂風暴雨裡求去；
你要真和諧，須向混沌的底裡求去；
你要真平安，須向大變亂，大革命的底裡求去；
你要真幸福，須向真痛裡嘗去；
你要真實在，須向真空虛裡悟去；
你要真生命，須向最危險的方向訪去；
你要真天堂，須向地獄裡守去。

《夜》

【熱情之火】

純粹的，猖狂的熱情之火，不同阿拉伯的神燈，只能放射一時的異彩，不能永久的朗照。

《北戴河海濱的幻想》

【羔羊的血就不會是白塗的】

只要我們有識力認定，有膽量實行，我們理想中的革命，這回羔羊的血就不會是白塗的。所以我個人的沉悶決不完全是這回慘案引起的感情作用。

《自剖》

【也附在你身上】

鬼是可怕的；他不僅附在你敵人的身上；那是你瞅得見的，他也附在你自己的身上，這你往往看不到。要打鬼的話，你就得進你自己身上的一起打了去，才是公平。

《再添幾句閑話的閑話乘便妄想解圍》

【鐐銬，大半是小時候就套上的】

習慣都是養成的；我們很少想到我們這時候覺著的混身的鐐銬，大半是小時候就套上的——記著一歲到六歲是品格與習慣的養成的最重要時期。我小時候的受業師袁花查桐蓀先生，因為他出世時父母怕孩子遭涼沒有給洗澡，他就帶了這不洗澡習慣到棺材裡去——從生到死五十幾年一次都沒有洗過身體！他也不刷牙，不洗頭，很少擦臉。

《再談管孩子》

【自尋快樂】

其實天下事全在各人如何看法，絕對滿意事，是不可能的，做人只能隨時譬解，自尋快樂。

《書信．致父母親》

【我如何噤默】

我們平常太容易訴愁訴苦了，難得快活時，倒反而不留痕跡。我正因為珍視我這幾世修來的幸運，從苦惱的人生中伸出了頭，比做一品官，發百萬財，乃至身後上天堂，都來得寶貴，我如何噤默。人說詩文窮而後工，眉也說我快活了做不出東西，我卻老大的不信，我要做個樣兒給他們看看——快活他盡有出息的。

《眉軒瑣語》

【唱歌】

真快活的人沒有不愛音樂，不愛唱歌的。趙先生就愛唱，蓮花落、山歌、道情、九連環、五更、外國調子，什麼都會。他是一隻八哥。

《話匣子》

【口味還是得自己去發現】

舌頭是你自己的，肚子也是你自己的，點菜有時不妨讓人，嘗味辨味是不能替代的；你的口味還得你自己去發現。

《一九二五年二月致孫伏廬信》

輯 14

在空靈中忘卻迷惘

我更不問我的希望，我的惆悵，未來與過去只是渺茫的幻想，更不向人間訪問幸福的進門，只求每時分給我不死的印痕……

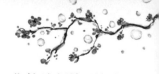

【回復美麗的童心】

白雲在藍天裡飛行：我欲把惱人的年歲，我欲把惱人的情愛，託付與無涯的空靈——消泯；回復我純樸的，美麗的童心，像山谷裡的冷泉一勺，像曉風裡的白頭乳鵲，像池畔的草花，自然的鮮明。

《鄉村裡的音籟》

【及早認清自己】

個人最大的悲劇是設想一個虛無的境界來謊騙你自己；騙不到底的時候你就得忍受「幻滅」的莫大的苦痛。與其那樣，還不如及早認清自己的深淺，不要把不必要的負擔，放上支撐不住的肩背，壓壞了自己，還難免旁人的笑話。

《自剖》

【活力斷絕了來源】

水因為不流所以滋生了草，這水草的脹性，又幫助浸乾這有限的水。同樣的，我們的活力因為斷絕了來源，所以發生了種種本源性的病症，這些病又回過來侵蝕本源，幫助消盡這點僅存的活力。

《秋》

【變成了一塊發銹的招牌】

一個人在年輕的時候，平庸瑣屑一類事只看作好玩，不關緊要，但漸漸的它們會沾上了佔住了他；透入他的心，他的血，像是中毒或是叫蒙藥蒙了似的，這來他就變成了一塊破舊的發銹的招牌；上面彷彿是畫著一些東西似的，可是什麼呢？——你怎麼認也看不清。

《高爾基記契訶甫》

【我們的臉太像騾子了】

我相信我們平常的臉子都是太像騾了——拉得太長；憂愁，想望，計算，猜忌，怨恨，懊悵，怕懼，都像魘魔似的壓在我們原來活潑自然的心靈上，我們在人叢中的笑臉大半是裝的，笑容大半是空的，這真是何苦來。所以每回我們脫離了煩惱打底的生活，接近了自然，對著那寬闊的天空，活動的流水，我們就覺得輕鬆得多，舒服得多。

《青年運動》

【給我不死的印痕】

我更不問我的希望，我的惆悵，未來與過去只是渺茫的幻想，更不向人間訪問幸福的進門，只求每時分給我不死的印痕——變一顆埃塵，一顆無形的埃塵，追隨著造化的車輪，進行，進行……

《多謝天！我的心又一度的跳盪》

【在空靈與自由中忘卻了迷惘】

多謝天，我的心又一度的跳盪，這天藍與海青與明潔的陽光，驅淨了梅雨時期無歡的蹤跡，也散放了我心頭的網羅與紐結，像一朵曼陀花英英的露爽，在空靈與自由中忘卻了迷惘。

《多謝天，我的心又一度的跳盪》

【心裡打上了一個結】

你答應了一件事，你的心裡就打上了一個結；這個結一天不解開，你的事情一天不完結，你就一天不得舒服，「不做中人不做保，一世無煩惱」，就是這個意思。

《開篇》

【你在，就是我的信心】

活著難，太難，就死也不得自由，我又不願你為我犧牲你的前程……

唉！你說還是活著等，等那一天！有那一天嗎？

——你在，就是我的信心。

《翡冷翠的一夜》

【可怕的網子】

我知道煩悶是怎樣一個不成形，不講情理的怪物，他來的時候，我們的全身彷彿被一個大蜘蛛網蓋住了，好容易掙出了這條手臂，那條又叫粘住了。那是一個可怕的網子。

《落葉》

【悲觀與懷疑】

悲觀是時代的時髦；懷疑是知識階級的護照。

《〈一條金色的光痕〉序》

【靈魂裡的悲聲】

我與歆海住廬山一個半月，差不多每天都聽那石工的喊聲，一時緩，一時急，一時斷，一時續，一時高，一時低，尤其是在濃霧淒迷的早晚，這悠揚的音調在山谷裡震盪著，格外使人感動，那是痛苦人間的呼吁，還是你聽著自己的靈魂裡的悲聲？

《致劉勉己函》

【憂愁與悲哀】

憂愁他整天拉著我的心，像一個琴師操練他的琴；悲哀像是海礁間的飛濤；看他那洶湧，聽他那呼號！

《四行詩一首》

【悲慘的顏色】

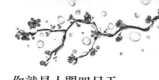

海上只暗沉沉的一片，暗潮侵蝕了砂字的痕跡，卻不沖淡我的悲慘的顏色——我喊一聲，海！你從此不再是我的乖乖！

《不再是我的乖乖》

【清風輕輕吹拂】

都教曉鳥聲裡的清風，輕輕吹拂——吹拂我枕衾，枕上的溫存——將春夢解成絲絲縷縷，零落的顏色聲音！

《清風吹斷春朝夢》

【靈性裡的光明】

山，我不讚美你的壯健，海，我不歌詠你的闊大，風波，我不頌揚你的威力的無邊；……

我拜獻，拜獻我胸肋間的熱，管裡的血，靈性裡的光明。

《拜獻》

【失望不是絕望】

冒險——痛苦——失敗——失望，是跟著來的，存心冒險的人就得打算他最後的失望；但失望卻不是絕望，這分別很大。

《迎上前去》

【秋月興起的秋思】

有時在心裡狀態之前，或於同時，撼動軀體的組織，使感覺血液中突起冰流之冰流，嗅神經難禁之酸辛，內藏洶湧之跳動，淚腺之驟熱與潤濕。那就是秋月興起的秋思——愁。

《印度洋上的秋思》

【心坎化生了硬石頭】

肚子裡塞滿茅草固然是不舒服，心坎化生了硬石頭也不見得一定是衛生。

《話匣子》

【知識的起源】

人是好奇的動物；我們的心智，便是好奇心活動的表現。這心智的好奇性便是知識的起源。一部知識史，只是歷盡了九九八十一大難卻始終沒有望見極樂世界求到大藏真經的一部西遊記。說是快樂吧，明明是劫難相承的苦惱，說是苦惱，苦惱中又分明有無限的安慰。

《話》

【無限的境界】

這無窮盡性便是生命與宇宙的通性。知識的尋求固然不能到底，生命的感覺也有同樣無限的境界。我們在地面上做人這場把戲裡，雖則是霎那間的幻象，卻是有的是好玩，只怕我們的精力不夠，不曾學得怎樣玩法，不怕沒有相當的趣味與報酬。

《話》

【庸生庸死】

人類也許是最無出息的一類。一莖草有他的嫵媚，一塊石子也有他的特點，獨有人反是庸生庸死，大多數非但終身不能發揮他們可能的個性，而且遺下或是醜陋或是罪惡一類不潔淨的蹤跡，這難道也是造物主的本意嗎？

《話》

【惱】

年歲是煩惱，年歲是苦惱，年歲是懊惱。

《盧梭與幼稚教育》

【勞心人最致命的傷】

煩悶是起源於精神不得充分的怡養；煩囂的生活是勞心人最致命的

傷，離開了就有辦法，最好是去山林靜僻處躲起。

《求醫》

【輕搖你半殘的春夢】

誰能留住這沒影蹤的婀娜？
又如遠寺的鐘聲，隨風吹送，
在春宵，輕搖你半殘的春夢！

《在病中》

【體面的木乃伊】

又像是在尼羅河邊暮夜，在月正照著金字塔的時候，夢見一個穿黃金袍服的帝王，對著我作謎語，我知道他的意思，他說：「我無非是一個體面的木乃伊」。

《一封信——給抱怨生活乾燥的朋友》

【讓感憤凝成最鋒利的悲憫】

過路人，假若你也曾在這人間不平的道上顛頓，讓你此時的感憤凝成最鋒利的悲憫，在你的激震著的心肝上，刺出一滴，兩滴的鮮血——為這遭冤屈的最純潔的靈魂！

《一塊晦色的路碑》

【倔強的疑問】

更無有人事的虛榮，更無有塵世的倉促與噩夢，
靈魂！記取這從容與偉大，在五老峰前飽啜自由的山風！
這不是山峰，這是古聖人的祈禱；
凝聚成這「凍樂」似的建築神工，給人間一個不朽的憑證；
一個「倔強的疑問」在無極的藍空。

《五老峰》

【殘破是我的思想】

我要在枯禿的筆尖上裊出一種殘破的殘破的音調，
為要抒寫我的殘破的思潮。
我要用我半乾的黑水描成一些殘破的殘破的花樣，
因為殘破，殘破是我的思想。

《殘破》

【執行大劫的使者】

我覺得這世界的罪孽太深了，支節的改變是要不到的，人們不根本悔悟的時候，不免遭大劫，但執行大劫的使者，不是安琪兒，也不是魔鬼，還是人類自己。

《血‧‧列寧遺體回想》

【入定的圓澄】

我真羨慕我台上放著那塊唐磚上的佛像，他在他的蓮台上瞑目坐量，什麼都搖不動他那入定的圓澄。我們只是在煩惱網裡過日子的眾生，怎能企望那光明無礙的境界！

《再剖》

【菩薩也會生氣】

有時候菩薩也會生氣的，不要說肉體的人。

《我們看戲看的是什麼》

輯 15

心靈深處的歡暢

從一顆沙裡看出世界，天堂的消息在一朵野花，將無限存在你的掌上。這心靈深處的歡暢，這情緒境界的壯曠，任天堂沉淪，地獄開放，毀不了我內府的寶藏！

【兩片相同的雲彩】

樹上沒有兩張相同的葉子，天上沒有兩片相同的雲彩。

《地中海》

【積極的尋求】

環境的改變，雖則重要，還只是消極的一面；為要啟發性靈，一個人還得積極的尋求。比性愛更超越更不可搖動的一個精神的寄託——他得自動去發現他的上帝。

《求醫》

【愉快是無攔阻的逍遙】

那天你翩翩的在空際雲游，自在，輕盈，你本不想停留，在天的哪方或地的哪角，你的愉快是無攔阻的逍遙。

《獻詞》

【值得一聽的話】

絕對的值得一聽的話，是從不曾經人口說過的；比較的值得一聽的話，都在偶然的低聲細語中；相對的不值得一聽的話，是有規律有組織的文字結構；絕對不值得一聽的話，是用不經修煉，又粗又蠢的嗓音所發表的語言。

《話》

【我不愛人間】

天庭！在白雲深處，白雲深處有美安琪斂翅羽，安眠未醒，我亦愛在白雲裡安眠不醒，任清風摟抱，明星親吻殷勤；光明！我不愛人間，人間難覓安樂與真情，慈悲與歡欣；光明，我求禱你引致我上登天庭，引挈我永住仙神之境。

《我是個無依無伴的小孩》

【宇宙結構的秘密】

但我們決不可以為單憑科學的進步就能看破宇宙結構的秘密。這是不可能的。我們打開了一處知識的門，無非又發現更多還是關得緊緊的，猜中了一個小迷謎，無非從這猜中裡又引起一個更大更難產的迷謎，爬上了一個山峰，無非又發現前面還有更高更遠的山峰。

《話》

【誰都不必害怕真理】

科學是真理。真理是不可掩諱的，懷疑科學便是懷疑真理。我們不為這身體有時不免疾病而謀自殺；我們不因為科學有時可以造殃而咒詛科學。「誰都不必害怕真理，人們應得害怕的是他們自己的軟弱。」

《科學的位置》

【赤裸裸的靈魂】

在一切標準推翻的那一天，在一切價值重估的那時間，暴露在最後審判的威靈中，一切的虛偽與虛榮與虛空；赤裸裸的靈魂們匍匐在生的跟前。

《最後的那一天》

【心靈深處的歡暢】

這心靈深處的歡暢，這情緒境界的壯曠，任天堂沉淪，地獄開放，毀不了我內府的寶藏！

《康河晚照即景》

【神秘的感覺】

從一顆沙裡看出世界，天堂的消息在一朵野花，將無限存在你的掌上。

這類神秘的感覺，當然不是普遍的經驗，也不是常有的經驗，凡事只講實際的人，當然嘲諷神秘主義，當然不能相信科學可解釋的神經作用，會發生科學所不能解釋的神秘感覺。

但世上「可為知者道不可與不知者言」的情事正多著呢！

《曼殊斐兒》

【上帝永久的威嚴】

在眼淚的沸騰裡，在嚎慟的酣徹裡，在懺悔的沉寂裡，你們望見了上帝永久的威嚴。

《白旗》

【忍耐是有結果的】

因為她知道這忍耐是有結果的，在她劇痛的昏瞀中她彷彿聽著上帝準許人間祈禱的聲音，她彷彿聽著天使們讚美未來的光明的聲音。

《嬰兒》

【深奧的靈魂裡】

上帝知道我們深奧的靈魂裡，不更有奇趣的怪物，可怖的陷阱暗室隱藏著！

《一九二三年六月七日致成仿吾信》

【真理是永遠不含糊的】

真理是永遠不含糊的，雖則我的話裡彷彿有兩頭蛇的話，蝎子的尾尖，蜈蚣的觸鬚。

《毒藥》

輯 16

往明月多處走

拖延一個不自然的密切關係等於慢性的謀殺與自殺，結果這些組成社會的基本分子多半是不自然，彎曲，歪扭，疙瘩，怪僻，各種病態的男女。

【誰能維持初戀時的熱情】

劇烈的東西是不能久長的；這是物理。由戀愛而結婚的人當然多的是，但誰能維持那初戀時一股子又潑辣又狂獮像是狂風像是暴雨的熱情？結婚是成家，家本身就包涵有長久，即使不是永久的意義。

《白朗寧夫人的情詩》

【創造性的冒險】

夫妻是兩個個性自由的化合；這是最密切的夥伴，最富有創造性的一宗冒險。

《白朗寧夫人的情詩》

【一對理想的夫妻】

詩人白朗寧與衣裡查白裴雷德的結合是人類一個永久的紀念。

如其他們結婚以前的經過是一葉薰香的戀跡；他們結婚以後的生活一樣是值得我們的讚美。如其他們彼此感情的交流是不涉絲毫強勉，他們各自的忍耐與節制同樣是一宗理性的勝利。如其這婚姻使他們二人完全實現這地面上可能的幸福，他們同時為蹣跚的人類立下了一個健全的榜樣。他們使我們艷羨，也使我們崇仰，他們的不是那猥瑣的局促的一流。

如其白郎寧在這段情史中所表見的品格是男性的高尚與華貴，白夫人的是女性的堅貞與優美與靈感。他們完全實現了配偶的理想，他們是一對理想的夫妻。

《白朗寧夫人的情詩》

【心性的相知】

一對夫妻的結合，不但是淵源於純粹的相愛，不是膚淺的顛倒，而是意識的心性的相知，而且能使這種純粹的感情建築成一個永久的共同生活的基礎，在一個結婚的事實裡闡發了不止一宗美的與高尚的德性，那一對夫妻怕還不是人類社會一個永久的榜樣與靈感？

《白朗寧夫人的情詩》

【真愛情】

我早年的經驗使我迷信真愛情是窮人才能供給的。

《巴黎的鱗爪》

【姻緣真是奇怪】

真的這世上的姻緣說來真是奇怪，我很少看見美婦人不嫁給猴子類水馬類的醜男人！

《巴黎的鱗爪》

【女人的心】

最容易化最難化的是一樣東西——女人的心。

《眉軒瑣語》

【須有大改變】

女性的醜簡直不是個人樣，尤其是金蓮三寸，男性造孽，真是無從說起，此後須有一大改變才有新機：要從一把女性當牛馬的文化轉成一男性自願為女性作牛馬的文化。

《眉軒瑣語》

【不關女人的事】

哲學家很少直接討論女人的。希臘人論戀愛，永遠是同性戀，不關女人的事。中世紀的哲學家都是和尚，他們怕女人搶他們的靈魂正如他們怕老虎吃他們的肉。

女人，在古代，在中世紀，只當得是女人；山裡有老虎，草裡有蛇，世界上有女人，再沒有討論的餘地。

《叔本華與叔本華的〈婦女論〉》

【男女性的雲霞】

尼采說他不能設想一個有太太的哲學家。不，我們簡直不能設想一個與任何女人發生任何關係的哲學家。至少在這一點他得「超人」。他是單身站在一個高峰的頂上，男女性的雲霞卻在山腰裡湧著，永遠沾不著他。

蘇格拉底過了性欲年紀，有人去弔唁他的不幸，他回答說假如一個人在老虎的利爪下逃了命，你們弔他還是賀他。英國的邊沁活到八十多，只學會了逗著小貓玩。康德，盧梭叫他「寇尼市具格的老太監」不用說，更是一輩子碰不到女人。斯賓塞也是一個老童男。尼采自己也只會擊劍與喝啤酒。

《叔本華與叔本華的〈婦女論〉》

【詩人的專利】

女性好像是詩人的專利，哲學家是沒有分的。

《叔本華與叔本華的〈婦女論〉》

【新舊女子】

舊女子的弄文墨多少是一種不必要的裝飾，新女子的求學問應分是一種發見個性必要的過程。舊女子的寫詩詞多少是抒寫她們私人遭際與偶爾的情感，新女子的志向應分是與男子共同繼承並且繼續生產人類全部的文化產業。

《關於女子》

【我們的胸還在開放中】

我們在東方幾乎事事是落後的，尤其是女子，因為歷史長，所以習慣深，習慣深所以解放更覺費力。不說別的，中國女子先就忍就了幾千年身體方面絕無理性可說的束縛，所以人家的解放是從思想作起點，我們先得從身體解放起。我們的腳還是昨天放開的，我們的胸還是正在開放中。

《關於女子》

【纏足的鬼影】

即如說腳，妳們現有的固然是極秀美的天足，但妳們的血液與纖維中，難免還留有幾十代纏足的鬼影。

又如妳們的胸部雖已在解放中，但我知道有的年輕姑娘們還不免感到這解放是一種可羞的不便。

《關於女子》

【先要妳做自己】

舊觀念叫妳準備做妻做母，新觀念並不不叫妳準備做妻做母，但在此外先要妳準備做人，做妳自己。

《關於女子》

【管她是誰！】

「你愛不愛親近女人？我就要那個。此外我什麼都可以讓給妳：年紀，美，名譽。爵夫人行，鄉下姑娘也成——那都只是名稱上的區別！我就佩服我們最偉大的色鬼國王的主張：『管她是誰！』路易十五對他的跟班叫來陪爾的說。」

《法郎士先生的牙慧》

【女性】

在一個時候女性是戰利品。在又一個時候女性是玩物。在一個時候女性是裝飾，是奢侈品。在又一個時候女性是家奴。

在所有的時候女性是「母畜」，她的唯一的使命與用處是為人類傳種。因此人類的歷史是男性的光榮，它的機會是男性的專利。

《白朗寧夫人的情詩》

【天生的藝術材料】

女性是天生的藝術的材料，可以接受是幽微的音波的痕跡，可以供詩人的匠心任意的裁製。

《丹農雪烏的作品》

【人生第一件大事情】

帶一個生靈到世界上來，養育一個孩子成人，做父母的責任夠多重大；但實際上做父母的——尤其是我們中國人——夠多糊塗！中國民族是叫「不孝有三，無後為大」一句話給咒定了的；「生兒子」是人生第一件大事情，多少的罪惡，什麼醜惡的家庭現象，都是從這上頭發生出來的。

《盧梭與幼稚教育》

【最自私的動機】

但不幸天下事情單憑原始的感情是萬萬不夠的，何況中國人所謂愛兒子的愛的背後還耽著一個不可說的最自私的動機——「傳種」：有了兒子盼孫子，有了孫子望曾孫，管他是生瘡生癬，做賊做強盜，只要到年紀娶媳婦傳種就得！

《盧梭與幼稚教育》

【男女問題成了大問題】

在從前的社會在一個禮法的大帽子底下做人的時代，人的神經沒有現代人的一半微細和敏銳，思想也沒有一半自由和條達，那時候很多事情比較的可以含混過去，比較的不成問題。現在可不同了。禮法和習慣的帽子已經破爛，各個人的頭顱都在挺露出來，要求自由的享受陽光與空氣。男女的問題，幾千年不成問題，忽然成了問題，而且是大問題。

《醒世姻緣序》

【各種病態的男女】

說到婚姻，更不知有多少人們明知拖延一個不自然的密切關係等於慢性的謀殺與自殺，但他們也是懶得動，照樣聽憑自然支配他們的命運。他們心裡盡明白，竟許口裡也盡說。但永遠不積極的運用這辛苦得來的智慧。

結果這些組成社會的基本分子多半是不自然，彎曲，歪扭，疙瘩，怪僻，各種病態的男女。

《醒世姻緣序》

【向合理的方向走】

我們總得向合理的方向走。我們如果要保全現行的婚姻制度，就得盡量尊重理性的權威——那是各種新智識的總和，在它的跟前，一切倫理的道德的宗教的社會的習慣和迷信，都得貼伏的讓路。事實上它們不讓也得讓；因為讓給理性是一種和平的演化的方式，如果一逢到本能的發作，那就等於逢到江河的橫流，容易釀成不易收拾的破壞現象。革命永遠是激成的。

《醒世姻緣序》

【各家的夏夢】

說到夫妻，像狄希陣先生的家庭生活雖則在事實上並不是絕無僅有，但像那樣的色彩豐富終究不是常例，但妳能說常例都是好夫妻嗎？就像這時候半夜裡妳想像在睡眠中的整個北京城：有多少對夫妻，窮的，富的，老的，少的，村的，俏的，都在「海燕雙棲玳瑁梁」似的放平在長方形的床上或榻上或炕上做他們濃的，淡的，深的，淺的，美的，醜的，各家的夏夢！

《醒世姻緣序》

【是悲劇，不是趣劇】

這分明不是引向一個更光明更健康更自由的人類集合生活的路子。我們不要以為夫妻們的不和順只是供給我們嬉笑的談助，如同我們欣賞醒世姻緣的故事；這是人類的悲劇，不是趣劇；在這方面人類所消耗的精力，如果積聚起來，正不知夠造多少座的金字塔，夠開多少條的巴拿馬運河哩！

《醒世姻緣序》

【相互的人格尊敬】

夫妻的必要條件，不止是相愛，還得要相敬。這敬決不是一個形式問題，老話所謂「相敬如賓」乃至「上床夫妻，下床君子」那一套，敬的意思是彼此相互的人格的尊敬。

《醒世姻緣序》

【天才是不容易伺候的】

一個詩人，一個藝術家，卻往往不能這樣容易對付。天才是不容易伺候的。在別的事情方面還可以遷就，配偶這件事最是問題。想像妳做一個大詩人或大畫家的太太（或是丈夫，在男女享受平等權利的時候！）妳做到一個賢字，他不定見妳情，妳做到一個良字，他不定說妳對，他們不定要生活上的滿足，那他們有時盡可隨便，他們卻想像一種超生活的滿足，因為他們的生活不是生根在這現象的世界上。妳忙著替他補襪子，端整點心，他說妳這是白忙，他破的不是襪子，他餓的不是肚子！

《白朗寧夫人的情詩》

【藝術家只為藝術活著】

「我不能想像一個有太太的思想家」，尼采說。怎怪得很多的大藝術家，比如達文謇與密僖郎其羅，終身不曾想到過成家？他們是為藝術活著的，再沒有餘力來敷衍一個家。

就是在成家的中間，在全部思想文藝史上，妳舉得出幾個人在結婚這件事上說得到圓滿的。拜倫的離婚，他一生顛沛的張本，就為得他那太太只顧得替他補襪子端整點心。歌德一生只是浮沉在無定的戀愛的浪花間，但他的結婚是沒有多大光彩的。盧騷先生撿到了一個客寓裡掃地的下女就算完事一宗。哈哀內的瑪蒂爾代又是一個不認字的姑娘，雖則她的顏色足夠我們詩人的傾倒。史文龐孤獨了一生，濟慈為了一個娶不著的女人嘔血。

《白朗寧夫人的情詩》

輯 17

朋友是種奢華

到絕海裡去探險我們得合夥，在大漠裡游行我們得結伴；我們到世上來做人，歸根說，還不只是惴惴的來尋訪幾個可以共患難的朋友。

【真能融化的朋友】

最滿意最理想的出路是有一個真能體會，真能容忍，而且真能融化的朋友。那朋友可是真不易得。單純的同情還容易，要能容忍而且融化卻是難。

《書信．致凌叔華》

【習慣性與防禦性】

與朋友通信或說話，比較少拘束，但衝突的機會也多，男子就缺乏那自然的承受性。但普通女子更糟，因為她們的知識與理性超不出她們的習慣性與防禦性，她們天生高尚與優秀的靈性永遠鑽不透那桿毛筆的筆尖兒。

理性不透徹的時候，誤會的機會就多，比如一塊凹形的玻璃，什麼東西映著就失去了真象。

《書信．致凌叔華》

【真心的流轉】

朋友是一種奢華：且不說酒肉勢利，那是說不上朋友，真朋友是相知，但相知談何容易，妳要打開人家的心，妳先得打開妳自己的，妳要在妳的心裡容納人家的心，妳先得把妳的心推放到人家的心裡去：這真心或真性情的相互的流轉，是朋友的秘密，是朋友的快樂。

《海灘上種花》

【「相知」是寶貝】

朋友是奢華，「相知」是寶貝，但得拿其性情的血本去換，去拼。因此我不敢輕易說話，因為我自己知道我的來源有限，十分的謹慎尚且不時有破產的恐懼；我不能隨便「花」。

《海灘上種花》

【積極的情感】

我們不崇拜任何的偏激，因為我們相信機會的紀綱是靠著積極的情感來維係的，在一個常態社會的天平上，情愛的分量一定超過仇恨的分量，互助的精神一定超過互害與互殺的動機。

《新月的態度》

【怨毒是可怕的】

怨毒是可怕的。私人間稀小的仇恨往往釀成不預料的大禍。醞釀怨毒是危險的；膿疽到時候窩著不開刀結果更不得開交。

《關於下面一束通信告讀者們》

【友誼是必需的元素】

友誼的情感，是人與人，或國與國相處的必需原素，而競爭主義又是阻礙真純同情心發展的原因。

《羅素又來說話了》

【妳的煩惱我全知道】

「妳的煩惱我全知道，雖則妳從不曾向我說破；妳的憂怨我全明白，為妳我也時常難受。」

《死城》

【我們現在都在角墮落中】

德生說我們現在都在墮落中，這樣的朋友只能叫做酒肉交，彼此一無靈感，一無新生機，還談什麼「作為」，什麼事業。

《眉軒瑣語》

【大門內慈悲的人們】

我最敬最愛的友人呀，我只能獨自地思索，獨自地想象，獨自地撫摩時間遺下的印痕，獨自地感覺內心的隱痛，獨自地呼磋，獨白地流淚……方才我讀了你的來信，江潮般的感觸，橫塞了我的胸臆，我竟忍不住啜泣了。

我只是個乞兒，輕拍著人道與同情緊閉著的大門，妄想門內人或許有一念的慈悲，賜給一方便——但我在門外站久了，門內不聞聲響，門外勁刻的涼風，卻反向著我襤褸的軀骸狂撲——我好冷呀，大門內慈悲的人們呀！

《西湖記·一九二八年十月十五日》

【這年頭真不得了】

這年頭真不得了，一不小心就出亂子，愛戀成恨，信任變疑忌，朋友變仇敵，親人變路人，想著叫人害怕。

《零碎》

【真純友誼】

我在這世界上還是初到的生客，但已經覺到了使我不安的消息。少數相知的朋友是我生命的生命，我決不能讓時代的流行毒侵蝕我們辛苦得來的一點子真純友誼。

《零碎》

【尋訪幾個可以共患難的朋友】

到絕海裡去探險我們得合夥，在大漠裡游行我們得結伴；我們到世上來做人，歸根說，還不只是惴惴的來尋訪幾個可以共患難的朋友，這人生有時比絕海更兇險，比大漠更荒涼，要不是這點子友人的同情我第一個就不敢向前邁步了。

《弔劉叔和》

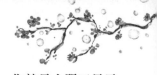

【悼惜侶伴的空位】

難得是少數能共患難的旅伴；叔和，你是我們的一個，如何你等不得浪靜就與我們永別了？

叔和，說他的體氣，早就是一個弱者；但如其一個不堅強的體殼可以包容一團堅強的精神，叔和就是一個例。叔和生前沒有仇人，他不能有仇人；但他自有他不能容忍的對象：他恨混淆的思想，他恨骯髒的人事。他不輕易鬥爭；但等他認定了對敵出手時，他是最後回頭的一個。叔和，我今天又走上了風雨中的甲板，我不能不悼惜我侶伴的空位！

《弔劉叔和》

【愈是知心的朋友，信愈不易寫】

生命薄弱的時候，一封信都不易產生，愈是知心的朋友，信愈不易寫。你走後，我哪一天不想著你，何嘗不願意像慰慈那樣勤寫信，但是每回一提筆就覺得一種枯窘，生命，思想，哪樣都沒有動。

《一九二七年一月七日致胡適信》

【人情的美最令人相思】

巴黎雖有意味，不是？人情的美最令人相思無已。常玉家尤其是有德有美。馬姑做時麵條又好吃，我恨不得伸長了一張嘴到巴黎去和你們共同享福。

《一九三〇年四月二十五日致劉海粟》

【生死無情的阻隔】

平時相見，我傾倒你的語妙，往往含笑靜聽，不叫我的笨澀羼雜你的瑩澈，但此後，可恨這生死間無情的阻隔，我再沒有那樣的清福了！只當你是在我跟前，只當是消磨長夜的閒談，我此時對你說些瑣碎，想來你不至厭煩吧。

《傷雙栝老人》

【最後的慘變】

志摩是你的一個忘年的小友。我不來敷陳你的事功，不來歷敘你的言行；我也不來再加一份涕淚弔你最後的慘變。

《傷雙栝老人》

【天才女兒的父親】

你們這父女不是尋常的父女。「做一個有天才的女兒的父親」，你曾說，「不是容易享的福，你得放低你天倫的輩分先求到友誼的了解。」徽，不用說，一生崇拜的就只你，她一生理想的計劃中，哪什事離得了聰明不讓她自己的老父？

《傷雙栝老人》

【無窮的感興】

我每次想到老人愛人道愛和平愛真理的熱烈與真摯與勇敢，便引起無窮的感興，有時不禁眼眶裡裝滿了熱淚。

《科學的位置》

【在我的胸中永佔著相當的關切】

人又是有感情的動物。在你活著的時候，我可以攜著你的手，談我們的談，笑我們的笑，一同在野外仰望天上的繁星，或是共感秋風與落葉的悲涼……叔薇，你這幾年雖則與我不易相見，雖則彼此處世的態度更不如童年時的一致，但我知道，我相信在你的心裡還留著一部分給我的情願，因為你也在我的胸中永佔著相當的關切。我忘不了你，你也忘不了我。

《悼沉叔薇》

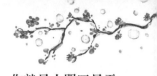

【不可補償的損失】

叔薇，你竟然死了，我常常的想著你，你是我一生最密切的一個人，你的死是我的一個不可補償的損失。

《悼沉叔薇》

【最後的緣分】

我沒有多少的話對你說，叔薇，你得寬恕我；當你在世時我們亦很少相互罄吐的機會。你去世的那一天我來看你，那時你的頭上，你的眉目間，已經刻畫著死的晦色，我叫了你一聲叔薇，你也從枕上側面來回叫我一聲志摩，那便是我們在永別而最後的緣分！我永遠忘不了那時病榻前的情景！

《悼沉叔薇》

輯 18

想望天使的翅膀

人類最大的使命，是製造翅膀；最大的成功是飛！詩是翅膀上出世的；哲理是在空中盤旋的。飛：超脫一切，籠蓋一切，掃盪一切，吞吐一切。

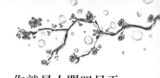

【理想好比一面大鏡子】

「無理想的民族必亡」，是一句不刊的真言。我們目前的社會政治走的只是卑污苟且的路，最不能容許的是理想，因為理想好比一面大鏡子，若然擺在面前，一定照出魑魅魍魎的醜跡。莎士比亞的醜鬼卡立朋（Caliban）有時在海水裡照出自己的尊容，總是惱羞成怒的。

《就使打破了頭，也還要保持我靈魂的自由》

【人們原來都是會飛的】

飛。人們原來都是會飛的。天使們有翅膀，會飛，我們初來時也有翅膀，會飛。我們最初來就是飛了來的，有的做完了事還是飛了去，他們是可羨慕的。

但大多數人是忘了飛的，有的翅膀上掉了毛不長再也飛不起來，有的翅膀叫膠水給膠住了，再也拉不開，有的羽毛叫人給修短了像鴿子似的只會在地上跳，有的拿背上一對翅膀上當鋪去典錢使過了期再也贖不回……真的，我們一過了做孩子的日子就掉了飛的本領。

《想飛》

【製造翅膀，還是束縛翅膀？】

自從挨開拉斯以來，人類的工作是製造翅膀，還是束縛翅膀？這翅膀，承上了文明的重量，還能飛嗎？都是飛了來的，還都能飛了回去嗎？

《想飛》

【要飛就得滿天飛】

要飛就得滿天飛，風攔不住雲擋不住的飛，一翅膀就跳過一座山頭，影子下來遮得陰二十畝稻田的飛。

《想飛》

【最大的成功是飛】

人類最大的使命，是製造翅膀；最大的成功是飛！理想的極度，想像的止境，從人到神！詩是翅膀上出世的；哲理是在空中盤旋的。飛：超脫一切，籠蓋一切，掃盪一切，吞吐一切。

《想飛》

【飛出這圈子】

是人沒有不想飛的。老是在這地面上爬著夠多厭煩，不說別的。飛出這圈子，飛出這圈子！到雲端裡去，到雲端裡去！哪個心裡不成天千百遍的這麼想？飛上天空去浮著，看地球這彈丸在太空裡滾著，從陸地看到海，從海再看回陸地。凌空去看一個明白——這才是做人的趣味，做人的權威，做人的交代。這皮囊要是太重挪不動，就擲了它，可能的話，飛出這圈子，飛出這圈子！

《想飛》

【飛行中的幻想】

同時天上那一點子黑的已經迫近在我的頭頂，形成了一架鳥形的機器，忽的機器一側，一珠光往下注。磞的一聲炸響——炸碎了我在飛行中的幻想，青天裡平添了幾堆破碎的浮雲。

《想飛》

【終古不變的真理與存在】

我不在這裡，也不在那裡，但只隨便哪裡都有我。若然萬象都是空的幻的，我是終古不變的真理與存在。

《夜》

【從窗櫺點飛出來】

他音雖不亮，然韻節流暢，證見曠達的情懷，一個個的音符，都變成

了活動的火星，從窗櫺點飛出來：飛入天空，彷彿一串鳶燈，憑徹青雲，下照流波，餘音灑灑的驚起了林裡的棲禽，放歌稱嘆。

《夜》

【點起一盞尋求真理的明燈】

我們各個人的一生便是人類全史的縮小，雖則不敢說我們都是尋求真理的合格者，但至少我們的胸中，在現在生命的出發時期，總應該培養一點尋求真理的誠心，點起一盞尋求真理的明燈，不至於在生命的道上只是暗中摸索，不至於盲目的走到了生命的盡頭，什麼發現都沒有。

《話》

【我們的理想】

要使生命成為自覺的生活，不是機械的生存，是我們的理想。要從我們的日常經驗裡，得到培保心靈擴大人格的資養，是我們的理想。要使我們的心靈，不但消極的不受外物的拘束與壓迫，並且永遠在繼續的自動，趨向創作，活潑無礙的境界，是我們的理想。

《話》

【恢復性靈的尊嚴】

打破我執的偏見來認識精神的統一，打破國界的偏見來認識人道的統一。這是羅蘭與他同理想者的教訓。解脫怨毒的束縛來實現思想的自由，反抗時代的壓迫來恢復性靈的尊嚴。這是羅蘭與他同理想者的教訓。

《羅曼羅蘭》

【思想者最後的榮耀】

一個時代的特徵，雖則有，畢竟是暫時的，浮面的；這只是大海裡波浪的動盪，它那淵深的本體是不受影響的；只要你有膽量與力量沒透這時代的掀湧的上層，你就淹入了靜定的傳統的底質，要能探險得到這變的底裡的不變，那才是攫著了驪龍的頷下珠，那才是勇敢的思想者最後的榮耀。

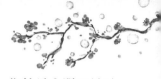

《守舊與「玩」舊》

【天性裡柔和的成分】

他們的柔和的聲音永遠叫喚著人們天性裡柔和的成分，要它們醒起來，憑著愛的無邊的力量，來掃除種種障礙，我們相愛的勢力，來醫治種種激動我們惡性的狂瘋，來消滅種種束縛我們的自由與污辱人道尊嚴的主義與宣言。

《湯麥士哈代》

【我們的願望永遠是光明的彼岸】

我們都還是在時代的振盪中胚胎著我們新來的意識，只有在一個波濤低落第二個還不曾繼起的一俄頃，我們或許有機會在水面上探起一個半暈眩的頭，在水霧昏花裡勉強辨認周圍的光景。這分明離「靜觀自得」的境界還差得遠。在不曾被潮流捲進的人固然也有，他們也許正站穩在安全的高處指點在潮流中人的狼狽。但這時代不是他們的，我們決不羨慕他們安全的幸福，我們的標準不是安全，也不能是安全，我們是要在危險中求更大更真的生活，我們要跟隨這潮流的推動，即使肢體粉成碎，我們的願望永遠是光明的彼岸。

《〈詩刊〉第二期前言》

【刺進心魂的挖苦武器】

中國現狀一片昏暗，到處都是人性裡頭卑賤、下作的那一部份表現。所以一個理想主義者可以做的，似乎只有去製造一些最能刺進心魂的挖苦武器，藉此跟現實搏鬥。能聽到拜倫或海涅一類人的冷蔑笑聲，那是一種辣人肌膚的樂事！

《書信．致魏雷》

【希望的手臂】

這也許是無聊的希冀，但是誰不願意活命，就使到了絕望最後的邊沿，我們也還要妄想希望的手臂從黑暗裡伸出來挽著我們。我們不能不想望這苦痛的現在，只是準備著一個更光榮的將來，我們要盼望一個潔白的肥胖的活潑的嬰兒出世！

《落葉》

阿Q正傳

THE TRUE STORY OF AH Q

魯迅短篇小說
精華典藏版

魯迅
著

魯迅，中國近百年小說發展史上最偉大的文學巨匠，
也是享譽國際的偉大作家，他的作品無論在藝術或思想上，
都有著深遠的影響力和穿透力；《狂人日記》是他的成名代表作，
呈現了混亂時代的脈動，反映出病態社會的悲哀，人性的善良與醜惡，
書中以隱喻的筆調揭露「禮教吃人」的猙獰面目，
譏諷那些衛道的偽君子「話中全是毒，笑中全是刀」。

靈魂深處無助的生命絕唱，
日本無賴派文學大師太宰治代表作品

人間失格

にんげんしっかく

太宰治 著

纖細而敏感的人最容易在人間受苦，幸福並非理所當然，美麗往往象徵著沉重的壓力，
明知道越沉淪越沒人格，仍舊選擇墜向無法自拔的深淵；
深深的絕望源自內心的迷茫，為了逃避現實而不斷沉淪，
經歷自我放逐，終究一步步走向自我毀滅的悲劇。
日本無賴派文學大師太宰治藉由小說主角的人生遭遇，巧妙地將自己的一生與思想涵蓋其中，
認為自己是個「失去人格的人」，在小說中描寫一個中年男子的墮落過程，
實際上是拿著文學的利刃，切割自己最柔弱的內心深處……

斜陽

しゃよう

一個破滅時代的心靈輓歌，
日本無賴派文學大師太宰治代表作品

太宰治 著

《斜陽》是日本無賴派文學大師太宰治於二次大戰後撰寫的成名代表作，
也是昭和文學的金字塔鉅著，描寫戰後混亂苦悶的社會中，
一個貴族家庭的沒落過程，恰如太陽西沉；
備受壓抑的女主角則藉著為心愛的人懷孕生子，
向傳統愛情觀與道德觀挑戰，重新發現生命的價值與喜悅。
當戰後的現實社會陷入頹敗破滅危機，
太宰治的文學恰如斜陽的柔弱光芒，照射在這片殘破的人間廢墟……

國 家 圖 書 館 出 版 品 預 行 編 目 資 料

你就是人間四月天／
徐志摩著. —第 1 版. —：新北市, 前景
民 107.02 面； 公分. -（文學經典：04）
ISBN◉978-986-6536-62-5 (平裝)

作　　者　徐志摩
社　　長　陳維都
藝術總監　黃聖文
編輯總監　王　凌
出 版 者　前景文化事業有限公司
行銷企劃　普天出版家族有限公司
新北市汐止區康寧街 169 巷 25 號 6 樓
TEL / (02) 26921935 (代表號)
FAX / (02) 26959332
E-mail：popular.press@msa.hinet.net
http://www.popu.com.tw/
郵政劃撥 19091443 陳維都帳戶
總 經 銷　旭昇圖書有限公司
新北市中和區中山路二段 352 號 2F
TEL / (02) 22451480（代表號）
FAX / (02) 22451479
E-mail：s1686688@ms31.hinet.net
法律顧問　西華律師事務所・黃憲男律師
電腦排版　巨新電腦排版有限公司
印製裝訂　久裕印刷事業有限公司
出 版 日　2018 (民 107) 年 2 月第 1 版
ISBN◉978-986-6536-62-5　　條碼 9789866536625

文學經典

04

你就是人間四月天